La Boum

Patrick Besson
Danièle Thompson

La Boum

roman

Danièle Thompson et Claude Pinoteau
sont les auteurs des scénarios *La Boum* et *la Boum 2,*
films réalisés par Claude Pinoteau.

Noms d'emprunt pour le BAGNARD

FRANCE LOISIRS
123, boulevard de Grenelle, Paris

Edition du Club France Loisirs, Paris
avec l'autorisation des éditions Ramsay

ISBN 2-7242-1722-5

1.

Treize ans et trois mois

Pénélope n'en était pas à sa première rentrée, mais elle étrennait un nouveau lycée. Elle avançait timidement, regardant à droite et à gauche, trouvant la cour du lycée Henri-IV un peu solennelle. Elle aurait préféré aussi que Samantha, sa petite sœur qui, elle, entrait en sixième, l'oublie un peu. La gamine, une fillette blonde aux yeux roublards, était comme un poisson dans l'eau. C'est elle qui se dirigea vers un surveillant pour lui demander où elles devaient aller. Elle revint, ravie, auprès de sa sœur.

— Je sais tout. Toi, tu vas là-bas, et moi là, derrière. N'oublie pas que maman a dit que tu devais m'attendre.

— Je sais.

— Mais si tu sors *après* moi, tu ne pourras pas m'attendre.

— Evident.

— Alors... ?

— Alors quoi ?

— Dis-moi à quelle heure tu sors !

— Quatre heures, quatre heures et demie... Est-ce que je sais, moi ?

— Comment on s'arrange ?

— Ecoute, Samantha, ça fait dix ans que tu me fais chier à la maison. Maintenant que tu es au lycée, tu t'écrases. D'accord ?

— Merde ! glapit la fillette.

Pénélope haussa les épaules et s'éloigna. Elle savait qu'avec sa sœur elle n'aurait jamais le dernier mot. Jamais. Elle avait essayé au début. Mais, depuis quelques années, elle s'était résignée.

Elle entrait en quatrième. Elle n'avait jamais redoublé de classe, n'en avait jamais sauté une. C'était une élève moyenne. Elle espérait arriver ainsi jusqu'au bac. A partir de là, elle ne voyait pas très bien ce qu'elle voulait faire. Le tour du monde en voilier, une agrégation de philosophie... De toute façon, elle avait le temps d'y réfléchir.

Ce qui la frappa le plus ce jour-là fut sa rencontre avec Vic. Elle se déroula de la façon la plus simple, comme si les deux filles se connaissaient depuis longtemps et qu'il s'agissait là de retrouvailles. Elles ne dirent pas grand-chose. Ainsi que Pénélope, Vic était nouvelle à Henri-IV. Elles découvrirent qu'elles appartenaient à la même classe et cherchèrent ensemble leur salle, où elles s'installèrent l'une à côté de l'autre. Pénélope ne manqua pas de noter que Vic attirait par sa beauté de nombreux regards, et ne fut pas mécontente de profiter de cette attention accordée à sa toute nouvelle camarade.

— Tu t'appelles Pénélope ? demanda celle-ci, qui venait de jetter un coup d'œil sur le cahier de textes de sa voisine.

— Eh oui...

— Remarque, moi, je m'appelle Victoire... On avait dit à ma mère qu'elle n'aurait jamais d'enfant... Alors, quand je suis née... De toute façon, tout le monde m'appelle Vic.

Le professeur pénétra dans la salle. Il avait une cinquantaine d'années. Ce fut à peine si Pénélope lui prêta attention. Pour elle, au-delà de trente ans, les hommes étaient tous des cacochymes encombrant la planète avec un sans-gêne répugnant.

Le professeur commenca par essuyer posément le tableau sur lequel on pouvait lire : « Pourquoi Dieu a-t-il créé Brassac ? Parce qu'il n'avait pas assez de poils pour faire un singe. » A la place de quoi, il écrivit : « Mon nom est Brassac. » Il pria ensuite un élève du premier rang de distribuer les formulaires qu'il avait sortis de son sac.

— Tu fais quoi en deuxième langue ? demanda Pénélope à Vic.

— Allemand. Et toi ?

— Russe.

Curieusement, l'idée d'être séparée plusieurs heures par semaine de cette fille qui n'était encore pour elle qu'une inconnue, attrista Pénélope.

— M'sieur ! fit un élève.

— Qu'y a-t-il ?

— Mes parents sont divorcés. Quelle adresse je mets ?

— Les miens aussi ! dit un autre élève.

Un troisième dit encore :

— Et les miens, ça ne marche pas très fort !

Rires. Vic se contenta de sourire. Elle remplissait sa fiche avec beaucoup de sérieux. Pénélope se demanda si c'était une fausse cancre ou une fausse bonne élève. Elle se posait souvent ce type de questions sur les gens qu'elle rencontrait. Elle ne se fiait jamais aux apparences.

— Tu es fille unique ? fit-elle.

— Oui.

— Tu as de la chance ! Moi, ma frangine, c'est une vraie chieuse.

Ce ne fut pas sans une certaine surprise que Pénélope constata la gêne de Vic quand le mot « chieuse » fut prononcé.

— Où tu étais, avant ? demanda-t-elle, intéressée.

— A Versailles. Et toi ?

— A Jules-Ferry. Tu es déjà sortie avec un mec ?

— Quoi ?

Pénélope répéta sa question. Vic regarda sa fiche, comme pour y lire la réponse qu'il était convenable de donner. Pénélope ne pouvait croire qu'une fille de son âge, pourvue d'une silhouette aussi gracieuse et d'un visage aussi parfait, n'était encore jamais « sortie ».

— Non, dit pourtant Vic.

— Pas une seule fois ?

— Ben, non... Et toi ?

— Oh ! moi...

— Plusieurs fois ?

— Euh, non... Une seule... Mais alors, c'était vachement bien ! Un garçon, en Angleterre. Il s'appellait Warren. Comme Warren Beatty.

Sur l'estrade, Brassac continuait son monologue :

— Les cours d'anglais auront lieu le lundi de dix à onze, le mardi de deux à trois et le vendredi de quatre à cinq.

— De toute façon, ce n'est pas ici que j'apprends l'anglais, déclara Pénélope. Je vais voir dix films américains par semaine. Demain, si on sort à quatre heures, il y a *Citizen Kane* à l'Action-Christine. Tu veux venir avec moi ?

— C'est où l'Action-Christine ? Parce que moi, Paris, tu sais...

La journée passa vite. Vic, qui appréhendait un peu cette rentrée dans un lycée qu'elle ne connaissait pas, se prit immédiatement d'affection pour Pénélope, dont les grosses joues et les grands yeux lui inspiraient confiance. Elle avait seulement été un peu surprise par le franc-parler de sa camarade. Toutefois, elle s'y habitua rapidement. Et même, quelques heures lui suffirent pour se mettre au diapason. Dès qu'il s'agissait d'être comme les autres, Vic n'était pas contrariante, bien qu'elle gardât au fond d'elle-même une zone où aucune mode, aucune loi, n'auraient jamais droit de cité.

Elle sortit du lycée à dix-sept heures. Elle échangea avec Pénélope plusieurs baisers sonores sur les joues.

Le ciel virait doucement au gris. Au moment où elle entreprit de traverser le boulevard, elle entendit un coup de klaxon et aperçut la R 5 vert pâle de Poupette. Poupette ! Elle avait toujours été là aux moments importants de sa vie... C'était elle qui lui avait donné un louis d'or, à chaque fois qu'elle avait perdu une dent de lait. C'était elle qui lui avait offert ses premières boucles d'oreilles, son premier bâton de rouge à lèvres... Elle ne criait jamais, mais on lui obéissait toujours. Elle n'expliquait rien, mais on comprenait tout. C'était la plus formidable arrière-grand-mère qui fût.

Vic courut vers la R 5 :

— Poupette ! Qu'est-ce que tu fais là ?

— Je t'emmène à mon enregistrement.

— Génial !

La jeune fille monta dans la voiture.

— Tu as prévenu les parents ? demanda-t-elle.

— On leur téléphonera du studio. Et puis, tu sais, pendant les déménagements, les chiens et les enfants, on les préfère dehors...

A quatre-vingt-deux ans, Poupette restait l'une des meilleures harpistes d'Europe. Elle participait à des concerts, enregistrait des disques, donnait quelques cours. Pourtant, elle n'avait jamais exigé de Vic qu'elle apprît la musique, soutenant que celle-ci ne s'apprend pas, que l'adresse et la mémoire comptent peu, qu'il faut autre chose, une chose dont apparemment Vic n'était pas pourvue. La jeune fille avait d'autres qualités. Et quand bien même elle n'en aurait eu *aucune,* Poupette l'aurait aimée malgré tout. Selon Poupette, on n'aimait pas quelqu'un pour ses qualités ni pour ses défauts, on l'aimait parce que c'était comme ça et pas autrement.

Vic connaissait bien les studios. Toute petite, déjà, elle passait des heures dans la cabine technique à regarder Poupette dans son « aquarium », à travers le double vitrage. Elle ne se lassait pas de la voir reprendre et reprendre les mêmes passages jusqu'à atteindre la perfection.

Après l'enregistrement, la harpiste emmena son arrière-petite-fille dîner à la Coupole. Vic ouvrit de grands yeux. C'était la première fois qu'elle mettait les pieds dans la célèbre brasserie. Tout le monde parlait très fort. Les serveurs se hâtaient dans les allées. Ils ressemblaient à des pingouins montés sur roulements à billes.

Le maître d'hôtel guida Poupette vers sa table habituelle. Ce fut un trajet assez long, interrompu à plusieurs reprises par des saluts que Poupette adressait à des dîneurs. Enfin, Vic et son arrière-grand-mère s'assirent côte à côte sur une banquette.

— Tu connais tout le monde, toi ! fit Vic, admirative.

— La première fois que j'ai dîné ici, c'était en 1919...

— Tu étais avec qui ?

— Paul Poiret. Couturier, pacha, mécène... Le fils naturel de Laurent de Médicis et d'Orson Welles. Enfin, naturel... Le vrai libérateur de la femme : il a supprimé le corset !

— Il t'a enlevé le tien ?

Poupette sourit.

— Je n'en ai jamais porté, dit-elle

Le maître d'hôtel s'approcha. Poupette commanda un tartare sans oignons. Vic hésitait entre un tartare sans câpres et un poulet aux girolles. Elle se souvint qu'à huit ans elle avait fait un voyage en avion aux Etats-Unis avec ses parents et qu'elle avait choisi un pigeon aux petits pois pour le déjeuner, ce qui avait eu pour principal résultat de transformer le stewart en femme de ménage. Vic en avait mis partout et il avait pourchassé les petits pois et les os de pigeon dans la cabine, pendant un bon moment.

— Et une demie Ladoucette, dit Poupette.

Se penchant vers Vic, elle ajouta :

— On va se soûler la gueule !

Ils sont assis et mangent des sardines. Ils ont décidé de ne plus déménager avant au moins vingt ans ! Ils ont mal aux mains, aux bras, aux cuisses et aux reins. Le désordre qui règne dans leur nouvel appartement les désole. Ils se demandent où, et surtout quand, ils trouveront l'énergie nécessaire pour ranger tout ça.

— Tu veux encore une sardine ? fait François Berreton.

— Non, merci.

— Il en reste une.

— Mange-là.

— Tu es sûre que tu n'en veux pas ?

Françoise se lève.

— Je vais me coucher, dit-elle. Je suis morte.

— Quelle heure est-il ?

— Minuit vingt.

— Poupette exagère !

Ça les a bien arrangés d'abandonner Vic à Poupette pour un soir. Quand on a un enfant à dîner, on se sent toujours un peu obligé de faire cuire de la viande et d'allumer la télévision pour qu'il puisse regarder son feuilleton préféré. Mais maintenant François est inquiet. Il se demande ce qu'elles sont en train de faire, toutes les deux ! Elle se sont toujours entendues comme larrons en foire !

— Viens, dit Françoise.

— Où ?

— Viens.

François sourit, se lève, pose une main sur l'épaule de sa femme. Ils se frayent un chemin à travers les valises. Une vingtaine de caisses sont entassées au milieu du salon. L'aspirateur s'accote tendrement à la télévision. Une petite montagne composée de livres et de disques est recouverte, inexplicablement, par plusieurs serviettes de bain blanches.

En entrant dans la chambre, François chuchote à l'oreille de Françoise :

— On se croirait dans *Rosemary's baby...*

Ils se couchent sur le lit, s'embrassent. Françoise a fermé les yeux.

— Tout à l'heure, dit-elle, j'irai voir si notre voisin est le Diable...

— Pas question, dit François, qui éteint la lumière.

Les Berreton ont eu une journée difficile. Ils se sont levés à deux heures du matin, dans leur maison des environs de Versailles. Au moment où le camion de leur ami Antoine apparaissait au bout de l'allée, Vic, qui terminait son café au lait, avait demandé :

— Pourquoi un camion frigorifique ?

— T'occupe, dit François. Et je t'ai déjà dit que le café au lait c'était mauvais pour l'estomac.

— Je m'en fiche pas mal de mon estomac !

— On en reparlera dans vingt ans.

— Arrêtez, tous les deux ! dit Françoise. Avec tout le travail qu'on a !

Ils offrirent le petit déjeuner à Antoine, puis chargèrent le camion. Cela leur prit cinq heures. François s'occupa d'entasser dans la Rancho des objets de première utilité, ce qui restait de boîtes dc conserves, quelques livres et l'ours en peluche que Vic avait depuis dix ans (elle avait toujours refusé les poupées).

Françoise partit pour Paris la première. Antoine et François déposèrent Vic au lycée Henri-IV, puis gagnèrent la rue

Valette. Ils s'arrêtèrent devant le numéro 92. Françoise trépignait devant la Rancho.

— Que vous est-il arrivé ?

— Rien, dit François.

— Et Vic ?

— On l'a déposée. Elle était à l'heure.

— Ce n'est pas comme vous !

— Tu as vu le trafic ?

Antoine mit pied à terre, suivi aussitôt de François. Ils ouvrirent les portières du camion.

— Arrch ! fit François.

— Qu'est-ce que t'as ?

— C'était de la morue, ton dernier chargement ?

Antoine haussa les épaules. Les Berreton commençaient à lui taper sur le système. Il les déménageait sans leur réclamer un centime, en plus ils faisaient la fine bouche !

— Grouille ! dit-il avec mauvaise humeur. Faut que je sois à Saint-Nazaire à six heures.

Françoise s'approcha à son tour du camion.

— Ça sent le haddock, constata-t-elle.

— Ça ne sent ni la morue ni le haddock ! dit Antoine, exaspéré. Ça sent la moule.

Il repartit en fin de matinée. C'était un ancien ingénieur d'IBM qui, après avoir fait de l'alpinisme au Tibet, avait acheté un camion frigo. Lui et François s'étaient rencontrés en mai 1968, alors que François était en train d'écrire sur les murs de la Sorbonne ; « Nous sommes entrés ici par la volonté du peuple et nous n'en sortirons que quand j'aurai retrouvé mon imperméable. »

Vic n'avait jamais beaucoup fréquenté ses parents, mais cet automne-là, elle les vit si peu que c'était tout juste si elle avait le temps de leur faire signer ses notes — ou ses punitions. Françoise ne décollait pas de sa planche à dessin et François passait ses journées et parfois ses soirées au dispensaire où il travaillait avec deux autres dentistes. Avec une mère qui cherchait éperdument des lecteurs pour ses bandes dessinées et un père qui acceptait frénétiquement les clients, Vic était assez tranquille.

Elle passait de longs moments à rêver dans sa chambre, écoutant David Bowie ou Jean-Sébastien Bach, selon qu'elle venait ou non d'avoir une conversation avec Poupette. Mais la musique, quelle qu'elle fût, l'intéressait moins que de savoir quand et à qui elle donnerait son premier baiser. Cela commençait à devenir urgent. Pénélope le lui répétait tous les jours, elle n'avait que trop attendu ! Le problème, c'était qu'elle n'arrivait pas à se décider pour tel ou tel garçon. Certes, les candidats ne manquaient pas, mais, si Vic en trouvait quelques-uns sympathiques (il y en avait d'autres qui étaient carrément « chiants »), aucun ne lui plaisait assez pour faire avec lui... ce qu'elle avait à faire ! Bien sûr, certains garçons lui plaisaient beaucoup, mais ils plaisaient aussi beaucoup à des tas d'autres filles plus audacieuses qu'elle...

Avec Pénélope, il s'était passé une chose étrange. Alors que le jour de la rentrée, elle s'était imposée comme « leader » aux yeux de Vic, son autorité s'effilocha en quelques semaines, et ce fut Vic, qui très naturellement, prit la tête du tandem. Pénélope, cependant, ne perdit pas tous ses privilèges. Elle continuait de décider quel film les deux amies iraient voir le mercredi après-midi ou pendant le week-end. Et, pour ce qui était de la façon de s'exprimer, son influence sur Vic était toujours aussi grande.

Chaque soir ou presque, les deux jeunes filles se téléphonaient. Leur conversation durait souvent plus d'une heure. En reposant le combiné, Vic avait l'oreille toute chaude.

Ces bavardages exaspéraient François. Il demandait souvent à Vic ce qu'elle et son amie pouvaient bien se raconter tous les soirs pendant tout ce temps, puisque ce qu'elles avaient vécu, elles l'avaient vécu ensemble ! Vic prenait alors un air offensé. Pour ce qui était de sa vie privée, il devait être bien clair qu'elle n'avait de compte à rendre à personne ! Ce n'était pas parce qu'elle avait treize ans qu'elle était un être inférieur. Il fallait que François comprît qu'elle avait ses secrets, ses sentiments, ses pudeurs, son univers. Elle avait lu cette expression dans l'un des hebdomadaires féminins qu'achetait Françoise. « Son univers ! s'exclamait François, se prenant la tête à deux mains. Ma fille a un univers, et je ne le savais pas ? » Après quoi, il se faisait traiter de « phallocrate », et en restait comme deux ronds de flan.

Les premières semaines que Vic passa à Paris furent donc assez heureuses. A Henri-IV, elle ne se débrouillait pas mal. Elle était dans la bonne moyenne, alors que Pénélope semblait avoir pris comme d'habitude ses quartiers d'hiver dans cette zone indécise et dangereuse qui s'étend entre le C et le C –. Il lui arrivait même de tomber dans le D +, ce qui l'effraya au point de la faire renoncer à une séance à l'Action-Christine pour s'exercer avec Vic aux équations à deux inconnues. Pénélope avait une hantise : le redoublement. En effet, si on lui avait demandé une définition concise du mot « horreur » elle aurait répondu sans hésiter : se retrouver dans la même classe que Samantha ! Deux ans d'écart, après tout, ce n'était pas tant que ça. Il fallait faire attention. Elle voyait déjà sa petite sœur ricaner tandis qu'au tableau elle essaierait en vain de répondre aux questions obliques d'un professeur de russe.

Un matin de décembre, en arrivant au lycée, Vic pressentit qu'une chose grave venait d'arriver, ou allait arriver. Les garçons ne se tapaient pas dessus. Les filles ne « repassaient » pas leurs leçons. Stéphane n'avait aucun succès avec ses pommes chips. Quant à Pénélope, elle était dans un coin, avec cet air qu'elle avait souvent, son air de vouloir être Vizir à la place du Vizir.

— Que se passe-t-il ? demanda Vic.

— Raoul organise une « boum ».

— Et alors ?

— On n'est pas invitées !

— Tu parles ! Raoul, c'est un gamin, qu'est-ce qu'on irait faire à sa « boum » ?

— J'ai envie d'y aller, moi !

« Et moi, tu crois que je n'ai pas envie ? » se dit Vic. Mais vu la situation, à quoi ça servait de le montrer ? Pénélope aurait dû réfléchir à ça.

Les jours qui suivirent furent très difficiles pour Vic. Elle dut résister au découragement de Pénélope, et au sien propre. C'était un gros travail. Elle s'appliquait également à faire bonne figure aussi bien devant la bande de Raoul que devant Stéphanie et Géraldine, deux invitées de la première heure. Elle bannit le mot « boum » de son vocabulaire. Un soir, elle éteignit même rageusement son poste de radio quand le disc-jockey annonça la chanson de Charles Trenet : « Quand notre cœur fait boum ! »

Enfin, un après-midi, alors qu'elle sortait du lycée en compagnie de Pénélope, une Pénélope de plus en plus exsangue à mesure que les jours passaient, Vic fut récompensée de sa patience et de sa fermeté. Jean-Pierre et Raoul attendaient devant les grilles.

— Hé... Vic ! Pénélope !

— T'arrête pas ! dit Vic à son amie.

Les deux garçons les rejoignirent. Vic leur présenta deux yeux vides, un sourire absolument décontracté.

— Ça va ? demanda Raoul.

— Pas mal. Et toi ?

— Pas mal.

C'était tout à fait le genre de conversation qu'on pouvait avoir avec un type comme Raoul.

Jean-Pierre se tourna vers Pénélope.

— Il est chouette, ton survêtement...

Un affolement irrépressible s'empara de Pénélope. Elle rougit avec force, jeta à Vic un regard désespéré. Le silence descendit sur elle comme une avalanche. Complètement aux abois, elle balbutia :

— Il me fait de grosses cuisses...

La gêne s'installa. Raoul la dissipa en demandant aux filles :

— Vous faites quelque chose, samedi ?

— Pourquoi ?

C'était Vic qui parlait. Pénélope lui laissait de bon cœur la direction des opérations.

— J'organise une boum, dit Raoul. Vous pouvez venir. Huit heures, à...

— Tu veux y aller, toi ? fit Vic, se tournant vers Pénélope.

— Peut-être... On verra...

— Faut vous donner une réponse quand ?

— Appelle-moi ce soir, dit Raoul. Sans faute, hein ? Parce qu'après...

— OK ! Salut...

Les deux jeunes filles continuèrent leur chemin sans se dire un mot. Mais, quand elles eurent tourné au coin de la rue, elles sautèrent de joie et tombèrent dans les bras l'une de l'autre. Puis, elles reprirent leur route avec une rapidité inhabituelle, comme si la boum se déroulait en ce moment même et qu'elles avaient peur d'arriver en retard. Tout à coup, Vic se figea.

— Qu'est-ce que t'as ? demanda Pénélope.

— Je n'ai rien à me mettre !

— Il y a encore une patiente, dit Mme Leblanc.

François Berreton, qui finissait de déboutonner sa blouse, regarda sa montre :

— Il est sept heures dix, dites-lui de revenir demain.

— Je crois bien que c'est une pulpite.

— Bien entendu, le docteur Chaumont est parti !

— Bien entendu.

François reboutonna sa blouse. Il serait en retard pour le dîner mais comme, de toute façon, Françoise serait en retard pour la cuisine...

— Installez-la, dit-il à Mme Leblanc.

Il se tourna vers le lavabo et se lava les mains tandis que son assistante faisait pénétrer la cliente dans le cabinet, lui indiquait le fauteuil et lui attachait le « bavoir » autour du cou. François, toujours tourné vers le lavabo, entama le questionnaire habituel :

— Etes-vous diabétique ?

— Non.

Curieux. Il avait l'impression d'avoir déjà entendu cette voix quelque part. A la radio, peut-être ?

— Etes-vous sous tranquillisants ?

— Non.

— Etes-vous enceinte ?

— Non.

— Etes-vous allergique ?

— Oui. Au lapin.

François se retourna et reconnut Vanessa. L'important, après tout, était qu'elle n'eût pas de revolver au poing ! François aurait compris ça. Il avait quitté cette femme un peu cavalièrement, sans s'excuser ni même prévenir. Il avait aimé coucher avec elle. C'était tout. Il aurait fini par détester ça. Il en était sûr. Il avait donc décidé de partir avant.

— Aux poils de lapin, précisa Vanessa.

Ils avaient eu de vrais moments de folie, Vanessa et lui. Ils avaient hurlé, s'étaient léchés, mordus, injuriés, battus. Ça avait duré six mois, à raison de deux ou trois fois par mois.

— Il faut que je parte, docteur, dit Mme Leblanc. J'ai mon train à 19 heures 32.

— Très bien, dit François, vaguement hébété. A demain.

La porte claqua. Maintenant, le dentiste était seul en face de son ancienne maîtresse. Il se sentait bien désemparé. Il était debout depuis sept heures du matin, avait arraché six dents de sagesse, plombé vingt-quatre molaires, détartré une bonne douzaine d'incisives. Il savait qu'il n'aurait pas la force de résister à Vanessa, d'autant qu'elle paraissait en pleine forme. Bronzée, bien sanglée dans son tailleur blanc, ses jambes interminables coquettement croisées, elle inspirait à François un désir violent et froid. Comme un désir de meurtre.

— Salaud ! dit-elle. Ça fait des mois que je te cherche !

— J'ai préféré disparaître « tout doucement », « sans faire de bruit », pour éviter...

— Eh bien, moi, j'aime le bruit, tu vois ! Le bruit des pas dans l'escalier, de la sonnette, du verre brisé. C'est beau, une scène de rupture ! Je t'ai attendu, ce soir-là... Alors, maintenant que je t'ai retrouvé, c'est moi qui vais te quitter, François ! Mais avant, tu me dois une nuit ! Notre nuit d'adieu !

— Ecoute... Maintenant que j'habite Paris...

— Le 92, rue Valette. Je sais.

François ne perdit pas de temps à se demander comment Vanessa avait obtenu son adresse. Elle la connaissait, c'était un point avec lequel il fallait compter.

Elle tournait les pages d'un agenda, ce qui rappela à François les nombreux après-midi qu'ils avaient passés ensemble et qui, toujours, se terminaient de cette façon, Vanessa ouvrant son agenda et cherchant avec lui un jour qui les arrangerait tous deux.

— Le 26, dit-elle. Tu veux ? Ça te donne le temps de t'organiser.

— Ce n'est pas si facile...

Vanessa demanda, avec une jovialité forcée :

— Tu préfères que j'appelle pour confirmer ?

Elle tourna quelques pages :

— 322 18 12, c'est bien ça ?

François hocha tristement la tête, puis :

— Je préfèrerais le 27, si ça ne te dérange pas trop...

Françoise poussa la porte de l'appartement, posa son carton à dessin et son sac plein de provisions dans l'entrée, puis, se précipita dans la chambre de Vic.

La jeune fille était étendue sur son lit, en compagnie du téléphone.

— Ça fait une heure que je t'appelle ! dit Françoise. Je voulais que tu me fasses les courses.

— C'est Pénélope.

— Papa est là ?

Vic fit non de la tête.

— Sois chic, dit Françoise. Va mettre la table. J'ai beaucoup de travail...

— Tout de suite, maman.

Cette soudaine et assez inhabituelle bonne volonté étonna Françoise. Ça cachait quelque chose, mais elle n'avait pas le temps de se demander quoi. Elle gagna sa chambre, disposa son matériel de travail sur la planche à dessin. Guibert, le rédacteur en chef d'un important hebdomadaire du weekend, venait de lui apprendre qu'elle faisait du « féroce-intellectuel » et qu'il voulait du « féroce-actualité », et cela pour le lendemain même. Il avait souri, refermé le carton à dessin. Françoise s'était levée en disant : « A demain. »

Le téléphone sonna. Vic se précipita sur l'appareil, décrocha et entama une conversation où il était surtout question d'une certaine salopette rose. La conversation se prolongea. Françoise, exaspérée, cria :

— Vraiment, Vic, si papa veut nous appeler !

Au même moment, François pénétra dans l'appartement.

— Encore au téléphone ! dit-il, après avoir embrassé Vic sur le front.

Dans la chambre, il se laissa tomber sur le lit :

— Une pulpite à dix-neuf heures vingt... Ce n'est plus un cabinet dentaire, c'est une usine. Qu'est-ce qu'on mange, ce soir ?

— Y'a de la quiche et des trucs froids, dit Françoise. Tu m'excuses, mais...

— Ah oui, alors, ce rendez-vous avec Guibert ?...

— J'ai peut-être une chance. Je le revois demain.

La silhouette fine et un peu déhanchée de Vic apparut dans l'encadrement de la porte. La jeune fille semblait soucieuse. Elle dit, très vite :

— Samedi, il y a une boum, je suis invitée.

C'était la première fois que Vic parlait d'une boum. A Versailles, ou bien elle allait manger des gâteaux chez ses copines, ou bien elle se promenait avec elles dans le parc du château le mercredi après-midi, mais il n'avait jamais été question de danse ou de garçons.

Françoise posa son crayon et fit pivoter son tabouret.

— C'est chez qui ? demanda-t-elle.

— Un mec. Tu ne connais pas.

François, qui passait un survêtement, interrogea à son tour :

— Comment s'appelle-t-il ?

— Raoul.

— Raoul quoi ?

— Je n'en sais rien. Qu'est-ce que ça peut faire ?

— Enfin, t'as l'adresse, le téléphone ?

Vic haussa les épaules :

— Non ! Tout le monde y va, je me débrouillerai.
— Enfin, Vic, dit Françoise. Il faut quand même que j'appelle la mère de ce garçon...
— Ce n'est pas un goûter d'enfant ! s'écria Vic, horrifiée.
— Justement. C'est à quelle heure ?
— Huit heures.
— Jusqu'à quelle heure ?
Vic poussa un soupir, puis :
— Et qu'est-ce que tu vas lui dire à sa mère ? « Vous êtes bien la maman de Raoul, votre petit garçon a invité ma petite fille... » Je vais avoir l'air débile !
— Hé ! Ho ! fit François. Pas ce ton-là, hein !
Ainsi, elle s'était donnée tout ce mal, pendant toutes ces journées, pour voir à la fin ses efforts ruinés par l'incompréhension de ses parents. Elle en aurait pleuré !
— Ça ne fait rien ! dit-elle. Laissez tomber. De toute façon, vous n'en avez rien à foutre ! Vous ne pensez qu'à vous ! Vous ne vous êtes même pas aperçus que j'ai changé ma raie de côté, que j'ai perdu ma gourmette en or, que je n'ai plus de chaussettes dans mon tiroir... Vous n'avez même plus le temps de me faire réciter mes leçons, ni... ni... ni de me préparer à bouffer ! Ni de savoir si je suis heureuse ou malheureuse ! acheva-t-elle avant d'éclater en sanglots et de sortir en claquant la porte.
— Mais qu'est-ce qu'elle a ? demanda François, stupéfait.
— Treize ans.

Vic n'avait pas laissé à ses parents le temps de dire non. Mais, le lendemain, ils ne dirent pas oui. Peut-être avaient-ils tout simplement oublié de quoi il s'agissait ! Cela posé, on était dans l'impasse. Vic se demandait s'il fallait remettre le sujet sur le tapis, ou bien attendre le jour de la boum et se préparer comme si François et Françoise avaient donné leur accord, ou encore s'enfuir de la maison en laissant un mot sur la planche à dessin de sa mère. Il y avait une quatrième solution, qui simplifiait tout à merveille : Poupette !

Vic dirait qu'elle passait la soirée avec Poupette au théâtre, au concert ou ailleurs. Et la vieille dame, naturellement, confirmerait. Ç'aurait été la solution qu'elle eût choisie, si Poupette avait été d'accord. Ce ne fut malheureusement pas le cas.

Tandis qu'une élève s'acharnait dans le salon contre une harpe qui ne lui avait rien fait, Poupette entraîna Vic dans la cuisine.

— Vierge à vingt-six ans ! dit-elle, parlant de son élève. Que veux-tu que j'en fasse ?

— C'est moi qui resterai vierge jusqu'à vingt-six ans, si ça continue !

— Voyons, Vic...

— Pourquoi ne veux-tu pas m'aider ?

— Je veux bien t'aider, mais pas te servir d'alibi... Maintenant, écoute-moi : premièrement, ne jamais s'avouer vaincu ! Ne jamais rien avouer, d'ailleurs. Deuxièmement, ne mentir que si on est certain de ne pas se faire prendre. Troisièmement, il faut un élément nouveau. Ce n'est plus une boum, c'est un anniversaire. Ce n'est plus vingt heures, c'est dix neuf heures trente. Comment il s'appelle ?

— Raoul.

— Ce n'est plus Raoul, c'est Bernard. N'importe quoi du moment que tu leur permets de changer d'avis sans avoir l'air d'imbéciles. Et puis alors, le plus important de tout : le moment. Jamais pendant qu'ils téléphonent, ni qu'ils s'engueulent, ni qu'ils se lavent les mains...

— Au petit déjeuner ?

— Eviter les repas, c'est dangereux. Ta mère fait toujours du crochet ?

— Elle n'a plus le temps.

— Dommage. La cigarette... Idéale, la pause cigarette... Un très bon moment aussi, c'est le bain.

Dès qu'elle fut de retour, Vic mit son plan à exécution : malheureusement, Françoise avait arrêté de fumer deux jours plus tôt. Elle ne se découragea pas et proposa à sa mère de lui faire couler un bain. Françoise, qui était courbée sur sa planche à dessin depuis neuf heures du matin, accepta avec un plaisir visible et, se levant afin de se dégourdir un peu les jambes, dit :

— J'ai pensé, pour ta boum de samedi, tu pourrais mettre mon gilet vert, celui qui te plaît tant...

Les jours suivants, Françoise travailla d'arrache-pied aux nouveaux dessins que lui avait demandé Guibert, les premiers ne lui ayant plu qu'à moitié. Elle devait également répondre aux incessantes questions de Vic, qui voulait absolument avoir son avis sur ses projets de coiffure et d'habillement pour la fameuse « boum ». La mère et la fille finirent par se mettre d'accord sur une tenue à laquelle Vic renonça cinq minutes avant de monter dans la voiture. Au bord des larmes, elle renversa tous ses tiroirs, piétina tee-shirt et blue-jeans avec une rage silencieuse, puis, son visage toujours un peu boudeur s'illumina et elle disparut derrière le pan de l'armoire avec quelques affaires sous le bras. Françoise, qui assistait au spectacle, se dit que choisir de s'habiller en telle ou telle couleur était un peu comme choisir des couleurs pour un dessin, et qu'à sa première « boum » une jeune fille devait être aussi soucieuse de l'exactitude de ses choix vestimentaires que Michel-Ange l'avait été de ses choix artistiques quand il donna le premier coup de pinceau sur le plafond de la chapelle Sixtine.

— Alors ? demanda Vic en surgissant vêtue de la façon la plus quotidienne, comme pour aller au lycée, avec toutefois une lumière et une clarté particulières.

— C'était bien la peine ! dit Françoise en songeant aux innombrables avis qu'elle avait eu à donner, ces derniers jours.

— C'est mieux comme ça, non ?

Sans attendre la réponse de sa mère, Vic entraîna celle-ci dans l'escalier. La Rancho était garée devant l'immeuble.

François tapotait sur le volant en sifflotant un air des années 70. Il tourna vers sa fille un visage rayonnant :

— Alors, ça y est ?

— Ça y est ! fit Françoise en s'asseyant à côté de son mari tandis que Vic s'installait sur la banquette arrière.

— On y va ? demanda encore François, une lueur malicieuse au fond des yeux.

— Bien sûr qu'on y va ! dit Vic. Que veux-tu qu'on fasse ? Allez, démarre !

— A vos ordres, mademoiselle.

Une dizaine de minutes plus tard, ils arrivèrent devant l'immeuble où avait lieu la « boum ». Vic observait les trottoirs avec une attention d'agent secret roumain qui guette un dissident pour lui donner un coup de parapluie empoisonné. Ses intentions étaient plus pacifiques. Tout simplement, elle ne voulait pas qu'on la voie en compagnie de ses parents. Elle sentait que cela détruirait quelque chose. Elle voulait apparaître seule, ou plutôt seule avec Pénélope, comme si un grand oiseau ou un chauffeur noir dans une grande voiture blanche venait de les déposer délicatement devant la porte de l'appartement.

Elle s'écria :

— Arnaud ! Julien ! Sur la mob, là !

Françoise se retourna vers sa fille :

— C'est bien sûr, hein, la mère de Pénélope ?...

— Ouais, ouais. Elle vient nous chercher à onze heures.

François arrêta la voiture une trentaine de mètres plus loin. Il regarda sa fille avec une mélancolie mâtinée d'amusement (François trouvait de l'amusement dans à peu près toutes les situations de l'existence), puis dit :

— Ne casse pas tes pantoufles de verre...

— Hein ? fit Vic. Ah, ouais...

Elle gardait le nez collé contre la vitre arrière. Des garçons et des filles entraient dans l'immeuble, riant les uns des autres, s'embrassant sur les joues, certains apportant des disques, d'autres des bouteilles de jus de fruit...

— Je peux rester quelques minutes dans la voiture ? Je préfère attendre qu'ils rentrent.

A la porte de l'immeuble, il y en avait deux qui n'en finissaient pas de s'embrasser sur les joues. Un silence lourd s'installa dans la voiture.

— On te ramène à la maison, si tu préfères, dit François.

Vic ne répondit pas à cette plaisanterie, qui lui parut relever du plus profond mauvais goût — et surtout du plus profond égoïsme.

Françoise dit doucement :

— Appelle-nous, si...

— Eh ! Eh ! fit François, un peu agacé par le ton « veillée d'armes » que prenait la situation. C'est une boum, pas un combat de gladiateurs.

— OK ! dit Vic, livide. J'y vais. Salut !

Ils sont tous là : Raoul bien sûr, Olivier, Stéphane, Roger, Arnaud, Jean-Pierre, et pour les filles Stéphanie, Géraldine, d'autres dont Vic ne connaît pas le nom. Elle a rencontré Pénélope au rez-de-chaussée de l'immeuble et elles ont fait leur entrée ensemble. Entrée qui n'est pas passée inaperçue. Pénélope porte des bottes rouges dont l'éclat réveillerait un mort. Les spots se reflètent sur son blouson doré.

Les garçons sont d'un côté, les filles de l'autre. Le milieu de la pièce, qui tient lieu de piste, est vide. Du côté des garçons, fusent quelques blagues d'un goût douteux. Raoul, qui apprend sur le tas son rôle de maître de maison, proteste :

— Bougez un peu, les mecs, au lieu de rester plantés à dire des conneries !

Les filles, dans leur coin, commentent les regards des garçons.

— Tu ne trouves pas qu'il ressemble à Redford ? demande Pénélope en désignant Raoul du menton.

— Il y a quelque chose, dit Vic.

— Les yeux.

— Il a des yeux géniaux, c'est vrai.

— Et sa voix...

— Bof...

— Elle m'envoûte !

— Oh ?

— Quand il me parle, j'ai envie de m'endormir. Ça me fait des frissons. J'ai envie de ne plus bouger.

— Il a une voix de bébé.

— Oui, mais chantante !

Raoul, dont Pénélope parle avec tant de chaleur, entre dans la cuisine, où il trouve son père et sa mère. Son père dévore un sandwich en catimini tandis que sa mère fouille dans le frigo.

— Ben ! s'exclame Raoul. Vous n'êtes pas au cinéma ?

Sa mère referme le frigo avec un air coupable. Elle explique :

— Ton père est crevé. On s'est cachés dans la chambre.

Après avoir dégluti, le père de Raoul dit :

— Poussé par la faim, nous avons crapahuté jusqu'ici.

Raoul marche de long en large dans la cuisine. Il pousse des soupirs, agite les bras :

— Ça va tout fiche en l'air s'ils vous voient ! Une boum, c'est comme une mayonnaise, si ça ne prend pas, c'est...

— Ça prendra, ça prendra, dit le père en haussant les épaules.

Il n'y a plus de jambon dans son pain.

— Tu m'en redonnes une tranche ? demanda-t-il à sa femme.

— Ah non ! fait Raoul. Maintenant, vous rentrez dans votre chambre !

— Mais j'ai encore faim !

— Retournons dans notre chambre, dit la mère, Raoul a raison. Je te ferai des œufs demain matin.

— C'est maintenant que je veux des œufs !

— Ecoute, papa, sois sympa.

— D'accord, dit le père en se levant. Je vais être sympa.

Il entrouve la porte de la cuisine, jette un coup d'œil alentour. Cinq mètres environ le séparent de sa chambre. Il se tourne vers son épouse :

— Tu me suis, Madeleine ?

— Oui, chéri !

— Go !

Ils filent dans la pénombre. Raoul pousse un soupir de

soulagement, puis ouvre le frigo, d'où il sort un pack de coca.

Dans le salon, on s'agite mais mollement. Près du buffet, Stéphane intercepte Caroline qui passe devant lui.

— Tu danses ?

Caroline sourit, noue les bras autour du cou de Stéphane, et dit avec une sorte d'étonnement tendre :

— T'es vachement mieux sans lunettes, dis-donc...

— Tu trouves !

— Aucune comparaison.

— Je devrais peut-être changer de monture.

— Essaye les verres de contact.

— Ça ne fait pas mal ?

— Non, j'en ai et je ne sens rien.

— Tu as des verres de contact ?

— Ça ne se voit pas ?

Depuis plusieurs minutes, Raoul tourne autour de Vic. Elle a l'air de s'ennuyer. Le devoir de tout maître de maison n'est-il pas de distraire ses invités ? Il sourit à Vic. Elle lui sourit en retour, poliment. Cette fille est très polie. Elle a dû prendre cette habitude à Versailles, qui est presque la province. « A Paris, on est beaucoup plus cool » pense Raoul. Il se penche vers Vic :

— Tu danses ?

Pénélope, assise non loin de là, observe la scène avec un désespoir qu'elle dissimule mal. Raoul, elle en est amoureuse jusqu'au sang. Elle voudrait qu'il l'emmène sur sa mobylette — et passer les doigts dans ses cheveux bouclés.

Vic regarde tristement la piste sur laquelle seuls Caroline et Stéphane dansent, et fait non de la tête.

La sonnerie de la porte fait s'enfuir Raoul. Entrent plusieurs garçons et filles un peu plus âgés que la majeure partie de l'assistance. Vic admire leur aisance, leurs tenues excentriques mais belles, et même l'air de mépris souverain avec lequel ils regardent les occupants de l'appartement. Ils font sur la boum de Raoul quelques remarques sèches, boivent un peu de jus d'orange (l'un d'eux réclame du whisky d'une voix criarde), puis ils repartent. Vic imagine qu'ils vont dans une autre boum, une boum où les gens sont drôles et agréables, pas du tout comme ici, où elle s'ennuie dans son coin. Pénélope est allée danser avec Stéphane. « Pourquoi a-t-il enlevé ses lunettes, cet idiot ? pense Vic. Il va tomber et se faire mal. »

Arnaud s'approche de Vic et, avec ce sens particulier de la diplomatie qui provoque toujours les guerres, déclare :

— Raoul m'a dit de te dire qu'il voudrait sortir avec toi. Tu veux sortir avec lui ?

— Ben..., fit Vic, embarrassée.

« Raoul ? pense-t-elle. Mais on ne s'est pas adressé la parole cinq fois depuis la rentrée des classes ! »

— Moi non... mais j'en connais qui...

— Qui ?

— Tu me jures de ne pas le répéter ?

— Juré.

— Pénélope.

— Pénélope...

— Eh bien quoi ?

— Je ne suis pas sûr de pouvoir arranger le coup.

— Essaye toujours. Mais que ceci reste entre nous, hein ?

— Tu penses !

Vic le voit traverser la pièce, parler à l'oreille de Raoul. Pénélope revient s'asseoir à côté de son amie.

— Pas terrible, cette boum, hein ? dit-elle.

— Pas terrible, en effet.

— On en fait tout un plat, et puis...

Arnaud traverse de nouveau la pièce, rayonnant. Vic l'entend dire, penché sur Pénélope :

— Raoul ne veut pas sortir avec toi.

Pénélope sursaute :

— Je ne t'ai rien demandé, et à lui non plus d'ailleurs !

Arnaud fait l'étonné :

— Ben, je ne sais pas... C'est Vic qui...

— Vic ! s'exclame Pénélope. Je ne vois pas ce que Vic vient faire là-dedans !

Elle regarde son amie dont le visage s'empourpre. Elle comprend tout.

— Salope, dit-elle.

— Petit con ! dit Vic en regardant Arnaud.

— Ce que les filles sont devenues grossières..., dit celui-ci avant de battre en retraite de l'autre côté de la pièce.

Brusquement, Vic en a assez. Elle imaginait une fête splendide, elle se retrouve prise dans des calculs sournois. Elle se lève, ouvre une porte, une autre, arrive dans ce qui lui paraît être un bureau. Des livres reliés dans une élégante bibliothèque. Un tapis épais. Vic décroche le téléphone, fait le numéro de sa maison. Une petite voix en elle dit qu'elle a tort, qu'il ne faut jamais quitter le champ de bataille tant qu'il reste ne serait-ce qu'une chance de gagner. Mais c'est plus fort qu'elle, il faut toujours qu'elle réagisse immédiatement à l'ennui, l'une des réactions peut être la fuite, et elle ne voit rien d'autre à faire pour le moment.

— Allô ? Papa ?

— Vic ?

— Vous pouvez venir me chercher ?

— Quoi ? Tout de suite ?

— C'est vraiment minable... Y'a des cinquièmes, une bande de petits cons, pas possible !

— Ah...

— Il y a un problème ?

— C'est que vois-tu... (pensant que la mère de Pénélope viendrait les chercher)... bref, nous nous sommes couchés...

— Si vous êtes couchés, évidemment...

— Ecoute, Vic, on n'est pas encore impotents, on peut se lever...

— Dans une demi-heure, en bas ?

— D'accord.

— Je t'adore.

— C'est nouveau, ça.

— Allô, allô...

— Oui ?

— Surtout ne montez pas, hein ?

— Ne t'inquiète pas, on connaît les consignes.

Vic raccroche, se retourne. Il y a un garçon assis dans un grand fauteuil en cuir, juste en face d'elle. Il la regarde avec curiosité, en souriant imperceptiblement. Il est brun, ou châtain foncé. Il se lève, s'approche. Vic s'aperçoit qu'en fait il est châtain foncé. Il a de petits yeux brillants.

— Je m'appelle Mathieu, dit-il.

— Avec un ou deux t ?

— Un seul, je suis un type simple.

— Moi, c'est Vic.

— Vic ?

— Contraction de Victoire.

— Victoire ? Tu es la première fille que je rencontre qui s'appelle Victoire. Elles s'appellent tout Brigitte, Caroline, Nathalie ou Sandra... Tandis que Victoire... C'est original.

— Qu'est-ce que tu faisais dans ce fauteuil, là... ?

— C'est que de l'autre côté c'était vraiment un peu...

— Tu trouves aussi ?

— Oh oui...

— Tu viens danser ?

Mathieu entraîne Vic dans le salon. L'atmosphère a changé. Les groupes et les couples se forment. Le coca coule à flots. Visiblement, Pénélope a déjà oublié sa déconvenue de tout à l'heure. Elle s'agite sur la « piste » avec une insouciance totale. Vic et Mathieu la rejoignent. D'un sourire, Pénélope indique à Vic que l'incident est clos. Les deux amies se réconcilient dans une danse folle, dont Mathieu est le spectateur amusé.

Les minutes, les heures passent. Raoul constate avec joie que la « mayonnaise » a « pris ». Vic partage son temps entre le buffet et la piste. Elle n'arrête pas. Parfois, Mathieu danse avec elle, mais le plus souvent il va s'asseoir et la regarde en buvant du jus d'orange. La vitalité de cette fille l'étonne.

Alors qu'un rock à tout casser secoue l'assistance comme un barman secoue son shaker, Mathieu s'avance vers Vic, armé d'un casque qu'il pose sur la tête de la jeune fille. Une musique extrêmement douce envahit alors les tympans de celle-ci. Dans un mouvement tout à fait naturel, Vic se glisse dans les bras de Mathieu. Ils dansent. Elle se laisse bercer.

Mathieu lui prend la main, puis le menton. Elle détourne la tête, sans brusquerie.

Les Berreton se couchent tout habillés sur le lit conjugal.

— Tu ne trouves pas qu'elle exagère, toi ? demande François. Nous faire poireauter pendant une heure devant l'immeuble, pour finalement nous supplier de rentrer nous coucher !

— Il faut croire qu'elle s'amusait.

— Avec ça, je n'ai pas vu la fin du match !

— Mets les infos. Tu auras le résumé filmé.

— Bonne idée !

François entra dans la cabine téléphonique la plus proche de la parfumerie de Vanessa, ferma soigneusement la porte derrière lui en espérant qu'un citoyen irascible ne viendrait pas tambouriner dessus pendant qu'il serait en conversation avec son épouse, posa sa provision de monnaie sur l'appareil et composa le numéro de son beau-père, chez qui Françoise, accompagnée de Poupette et de Vic, passerait la nuit, et où il avait projeté de la rejoindre par le train de 23 heures 15. Auparavant, il avait quelques petites choses à régler, dont il ne souhaitait pas vraiment mettre Françoise au courant.

Ce fut justement elle qui décrocha.

— C'est toi, ma chérie ?

— Oui.

— Ça va ? Vous êtes bien arrivées ?

— Oui. Dis-donc, tu es à la maison, là... ?

— Euh... oui, fit François, pris de court. J'attends Etienne pour aller au...

— ... congrès sur l'anesthésie. Je sais.

— Bon, alors, tu viens me chercher au train de 23 heures 41 ?

— J'y serai.

— J'y vais parce que... mon bain coule.

— T'es dans le salon ?

— Oui, dit François en rajoutant des pièces.

— Il y a mon carnet d'adresses devant toi sur la table.
— Je l'ai dans la main, dit François froidement.
— Donne-moi le numéro du docteur Giraud pour Gilberte. C'est mon oculiste à Versailles.
— Giraud... Giraud... 950 46 12, dit François à tout hasard.
— Merci, à tout à l'heure...
Françoise ajouta, avec une tendresse qui broya le cœur de François :
— Ne rate pas ton train, hein...

— C'est bien, *Caresses cosmiques* ?
— Moyen, répondit Vanessa, de la cuisine.
François était assis sur la moquette épaisse et examinait les cassettes de films pornographiques dont Vanessa, apparemment, faisait la collection. La parfumeuse louait au sixième étage d'un immeuble moderne un appartement de deux pièces, qu'elle avait décoré à son goût. Il y avait de nombreux poufs et de non moins nombreuses plantes vertes. Le tout était moelleux, un peu voyant.
— Et *Pompadour lubrique* ? interrogea encore François.
— Ah ça, c'est mieux...
— C'est *vraiment* historique ?
Vanessa eut un rire de gorge dont François se demanda s'il n'allait pas faire trembler les murs.
— Non, Françounet... Je ne crois pas que ce soit *vraiment* historique... Un peu, sans doute... Mets-le, tu verras par toi-même...
— Non, non... Ça ne me dit rien. Tu n'aurais pas *Rio Bravo* ?
Vanessa sortit de la cuisine, portant un plat qui répandit dans le salon une forte odeur de curry. La parfumeuse avait un faible pour la cuisine exotique. Elle en mangeait très souvent. C'était peut-être cela qui lui donnait ce teint cireux, étonnant chez une dame spécialisée en produits de beauté.
Ce soir-là, elle portait le costume des « Petits Lapins » de

Play Boy : grandes oreilles de satin, bas à résille, décolleté pigeonnant, nœud papillon, col dur et petite queue ronde bleu ciel. Elle posa le plat sur la table basse et, comme une geisha, s'agenouilla auprès de François.

— Tu auras ton western au petit déjeuner. Ce soir, j'ai d'autres programmes.

François ne demanda aucune précision. Il connaissait ces programmes aussi bien que s'il avait pu les lire dans *Télé 7 Jours.*

Alors qu'ils entamaient ce que Vanessa avait appelé le « troisième round », la montre électronique de François fit entendre son « bip-bip ».

— Qu'est-ce que c'est que ça ? s'étonna la parfumeuse.

— Mon train.

— Quel train ?

— Mon beau-père. C'est son anniversaire. Il a cinquante-sept ans aujourd'hui.

— Qu'est-ce que tu veux que ça me fasse ?

François avait allumé la lampe de chevet qui se trouvait à son côté. Il attrapa son pantalon et l'enfila à toute vitesse.

— Mais c'est toi qui as choisi ce soir ! protesta Vanessa.

— Ecoute, j'ai dit que j'avais un colloque sur l'anesthésie. Seulement, un colloque, ça ne dure pas toute la nuit... Alors je me suis dit qu'avec deux moitiés de nuit...

Vanessa eut son sourire forcé, celui qu'elle réservait aux clientes qui ne voulaient jamais que des échantillons. Elle dit :

— Deux petits mensonges au lieu d'un gros...

— Voilà... On s'arrangera pour la deuxième moitié. Tu comprends ?

— Très bien.

Soulagé, François pris sa cravate et fila à la salle de bains. Effondrée sur le lit, Vanessa l'entendait poursuivre son discours :

— C'est un type drôle, mon beau-père. Il s'appelle Colbert, comme le grand Colbert. D'ailleurs, il prétend que c'est un ancêtre...

— Colbert, murmura Vanessa. Ça me donne une idée...

— Qu'est-ce que tu dis ?

— Rien...

— Alors que sa mère, Poupette, n'en a rien à foutre ! Elle lui dit toujours : « Moi, je n'ai pas besoin d'ancêtre, j'en suis un ! »

— Ha ! Ha ! fit Vanessa, en finissant de composer le numéro des Colbert qu'elle avait trouvé dans le carnet d'adresses de François.

Puis, elle dit :

— Allô, je voudrais parler à Mme Françoise Beretton, s'il vous plaît... Ah, c'est vous-même ?

François se vit, dans la glace de la salle de bains, devenir tout blanc.

— Ici l'infirmière de nuit, continuait Vanessa. Le médecin chef m'a demandé de vous appeler pour vous dire que tout s'est bien passé. La fracture a été réduite. La fracture de la jambe droite a été réduite... Vous êtes bien Françoise Beretton ?

François imaginait, à l'autre bout du fil, la stupéfaction, et aussi l'affolement, de Françoise, mais que pouvait-il faire ?

— Votre mari est toujours sous anesthésie. Il vous appellera demain matin.

Vanessa raccrocha et leva vers François un regard qu'elle destinait habituellement aux clientes qui lui achetaient les flacons les plus chers.

— Tu vois, dit-elle. Quand on sait mentir...

— Mais tu es une vraie salope !

Vanessa murmura avec ravissement :

— Oui.

Pénélope regarda avec un plaisir sans mélange le professeur d'allemand, Eric Lehman, sortir de la classe. Depuis toujours, ou du moins depuis qu'elle était en âge de s'intéresser à ces choses, Pénélope avait un faible pour les hommes à qui elle ne plaisait pas. C'était systématique chez elle.

Vic la rejoignit et elles longèrent le couloir.

— Alors, tu as vu Mathieu ? demanda Pénélope.

— Non, dit Vic sur un ton plaintif. Je suis arrivée à moins vingt, je l'ai guetté jusqu'à la sonnerie, je ne l'ai pas vu. Je ne comprends pas : je n'ai pas pu le rater !

— Il est peut-être rentré par une autre porte, ou alors à neuf heures.

— Non ! Regarde, j'ai recopié son emploi du temps.

— Comment tu l'as eu ?

— Une fille de sa classe...

— Eh bien toi, quand tu t'y mets...

— Il avait maths de huit à neuf... gym de...

— Qu'est-ce qu'il y a ?

— Le voilà !

— Où ça ?

— Dans l'escalier.

Blême, les yeux comme fous d'un lapin qui ne veut pas devenir civet, Vic, après avoir monté deux marches, fit demi-tour et haleta :

— Je ne veux pas le voir ! Je ne veux pas le voir !

Pénélope la retint par la manche :

— Ne sois pas idiote !

Vic, dans un grand élan de courage, s'engagea de nouveau dans le couloir tout en demandant à son amie :

— Parle-moi, raconte-moi quelque chose, n'importe quoi...

C'était exactement le genre de choses à ne pas dire à Pénélope, si on ne voulait pas la voir devenir écarlate et se mettre à bégayer. Ses yeux s'embuaient, sa lèvre inférieure pendait dans l'attente désespérée d'une phrase à prononcer. Ce coup-ci, elle bafouilla piteusement :

— Ben... J'sais pas... qu'est-ce que tu veux... ?

— Ha! Ha! fit Vic, en rejetant la tête en arrière. C'est marrant !

— Tu... Tu trouves ? dit Pénélope, essayant non sans mal de donner le change.

— Il t'a vraiment dit ça ? Oh non, il ne te l'a pas dit !

— Je te jure ! poursuivit Pénélope, un peu plus en confiance.

— C'est tordant !

— Oh oui... Je me contenais, tu sais.

Elles étaient maintenant à la hauteur du groupe formé par Mathieu, Raoul, Arnaud et Julien. Les garçons leur jetèrent de brefs coup d'œil. Vic eut la nette impression que le coup d'œil de Mathieu était le plus bref de tous. Tout ce petit monde se dit « salut » sur le ton le plus désinvolte. Jusqu'au dernier moment, Vic espéra que les garçons entameraient une conversation avec elles, sur n'importe quel sujet, elle était tout à fait disposée à parler de la reproduction des babouins si cela lui permettait de rester non loin de Mathieu, de le regarder dans les yeux afin d'essayer de deviner quels étaient ses sentiments à son égard, ou encore s'il en avait jamais eu ! Mais, et Vic imagina que cela devait se passer un peu de la même manière que pour les accidents de voiture ou de moto, il n'y eut rien de vraiment spectaculaire, simplement un silence, les dos des quatre garçons, et une douleur sourde qui monta en elle et la fit pleurer.

— Il ne t'a peut-être pas reconnue...

Vic se moucha bruyamment dans un kleenex.

— Grouille, dit-elle, avec un stoïcisme qui n'eût pas déplu à Sénèque. Y'a interro d'anglais...

Dans un café voisin du dispensaire où ils travaillaient tous deux, François et Etienne déjeunaient, l'un d'un steack-salade, l'autre d'une francfort-frites. Etienne était médecin généraliste. C'était lui qui, pour donner de la... « solidité » au mensonge auquel Vanessa avait obligé François, avait confectionné le plâtre dont François ne se débarrasserait que dans cinq semaines. C'était également lui qui avait accrédité la version selon laquelle François avait eu cet « accident » dont la gendarmerie n'entendrait jamais parler, et pour cause, avec sa voiture.

Tout en mangeant, François feuilletait un catalogue de fauteuils dentaires et autres accessoires médicaux :

— T'as vu le fauteuil « Virginia » ?

— Tu sais, moi, le matériel pour dentistes...

— Trois mouvements, technologie électrique, rotation sur base, et puis c'est un vrai plumard : les mecs s'endorment tout seuls, plus besoin d'anesthésie ! Seulement, ça coûte le prix d'une Rolls : trente briques. C'est pour ça que moi, hein, d'abord : la clientèle.

— Voici Françoise, dit Etienne.

François leva les yeux et vit son épouse, plus blonde que jamais et plutôt plus souriante que d'habitude, zigzaguer entre les tables. Elle ne se pencha pas sur lui pour l'embrasser. Elle ne l'embrassait jamais en public. C'était une convention entre eux. Cela datait de leurs années de fac, où dans les couloirs, et même dans les amphis, étudiants et étudiantes s'embrassaient à pleine bouche. Cela ne leur plaisait pas tellement. Ils pensaient qu'il y a un lieu pour les études et un autre pour les baisers, sans compter que, comme dit le proverbe, « Qui trop embrasse, mal étreint ». Françoise serra la main d'Etienne en disant :

— Une grande nouvelle ! Je l'ai vendue à *Pif* !

— Bravo ! fit François.
— Qu'est-ce qu'elle a vendu ? fit Etienne.
— Sa bande dessinée.
— Deux planches par mois pendant quatre mois, et si ça marche... !

Françoise commanda une côte de veau aux endives. François se dit qu'il s'agissait là d'une commande spécifiquement féminine, mais n'aurait pas su dire pourquoi. Françoise demanda à Etienne comment elle trouvait François.

— Bien, fit le généraliste, un peu gêné.
— Tu sais, j'ai eu la peur de ma vie ! J'ai passé la nuit à mordre les draps. Où il était, s'il avait mal, dans quelle chambre on l'avait mis...

François regardait ses pieds, ou plutôt son seul pied visible. Il songea qu'il n'aurait sans doute pas la force de mentir à sa femme pendant cinq semaines (sans compter le temps de la « rééducation ») et qu'il faudrait bien qu'un de ces jours le drame éclate.

Près du lycée, il y avait une boulangerie qui, à l'heure de la sortie des classes, ne désemplissait pas. La boulangère était une petite femme vive et dodue, qui ne manquait pas de répartie quand les élèves des plus grandes classes venaient lui faire une cour rigolarde. Elle était en revanche d'une douceur extrême avec les « sixièmes », toujours rougissants quand ils n'arrivaient pas à sortir la monnaie des poches trop étroites de leur blue-jean.

Pénélope acheta deux chaussons aux pommes. Elle en donna un à Vic. Sur le trottoir, elles reprirent la conversation que la cohue de la boulangerie avait interrompue :

— Sans blague, dit Pénélope, il s'est cassé la jambe ?
— Je te jure.
— Mais quand ?
— Samedi soir, un accident de voiture...
— Ben, je l'ai vu dimanche matin, il courait comme un fou dans la rue...

— *Dimanche matin* ?
— Je l'ai vu comme je te vois !
— Ce n'était peut-être pas lui.
— J'étais avec Samantha. Même qu'elle le trouve « vachement sexy »...
— Mon père ?...
— Tu as raison, dit Pénélope, alertée par l'air brusquement soucieux de Vic. Ce n'était sans doute pas lui. S'il s'est cassé la jambe samedi, je ne vois pas comment il aurait pu...
Elle sentit qu'elle ne convainquait pas Vic, et que les pensées de celle-ci se précipitaient dans une direction où elle était incapable de les suivre. Comme pour s'aider à réfléchir, Vic engouffra une énorme bouchée de chausson aux pommes.
Quelqu'un lui tapota l'épaule. Elle redressa la tête.
— Bonjour, dit Mathieu.
— Bonfour, dit Vic, la bouche pleine.
— Ça va, ça roule ?
Vic avala sa bouchée :
— Ouais.
— Tu m'en donnes un peu ?
Elle lui tendit le chausson aux pommes dans lequel il mordit.
— Tu es tout seul ? demanda-t-elle.
— Tu fais quelque chose, mercredi ?
Mathieu n'était pas le genre de type à répondre à une question quand il en avait une autre à poser.
— C'est le jour des abonnements à la Comédie française, intervint Pénélope.
— Tu parles ! fit Vic. *Bérénice* !
— On va tous voir un science-fiction, tu veux venir ? fit Mathieu, implacable.
— Ouais... Je peux t'appeler ?
Le principe de Vic était de ne jamais dire oui tout de suite. Mathieu lui passa un feutre. Vic écrivit fébrilement le numéro sur la paume de sa main gauche.
— Salut ! dit Mathieu.
Il enfourcha sa mobylette. Vic serra très fort le stylo feutre dans sa main droite. Un stylo de lui, son numéro à lui,

un rendez-vous avec lui ! Le Destin venait de transformer la rue, la lycée et le ciel gris en décor d'une féérie devant lequel Vic se sentait prête à danser jusqu'au lendemain matin !

Vic accorde sa guitare. Elle se livre sans passion aucune à cette activité. Elle est assise par terre, et elle rêve plus qu'autre chose, tout en échangeant parfois avec Poupette quelques remarques sur le temps ou la mode d'hiver. Elle est au chaud, elle est bien, tout engourdie, songeant à celui qui va la dégourdir ! Elle aime beaucoup l'appartement de son arrière-grand-mère, la patine sur les meubles, le nombre et la variété des bouquets de fleurs.

Poupette, dans la cuisine, prépare du thé.

— La science-fiction, dit Vic, fort, pour que son arrière-grand-mère entende, je déteste, mais je ne lui ai pas dit, tu penses ! Il est beau... Si tu savais ce qu'il est beau !

De la cuisine, Poupette dit :

— Tu ne pourrais pas prendre une photo en douce...

Elle apparaît, un plateau de thé dans les bras :

— Comme ça, je le verrais.

— Oh ! J'en mourrais d'avoir sa photo !

— Tu en mourrais !

— Ça me rendrait dingue !

— Il est si beau que ça ?

— Tu ne peux pas imaginer !

— J'ai de plus en plus envie de le connaître ! Mais... est-il intelligent ?

— Vachement ! Il veut faire l'Ecole hôtelière après le bac.

Son père est chef... enfin cuisinier, quoi. C'est un bon métier. Il y aura toujours des gens qui mangent des gâteaux.

On sonne.

— J'y vais, dit Vic.

Elle ne perd pas une occasion de rendre service à Poupette, son arrière-grand-mère chérie, qui pourtant se sent tout à fait capable d'arriver jusqu'à la porte de l'appartement sans tomber en syncope.

Vic revient dans le salon chargée d'un énorme bouquet de fleurs.

— Nom d'une pipe, le 17 mars !

— Jean-Louis ? fait Vic avec un petit air de connivence.

Poupette hoche la tête :

— Moi, j'ai oublié... En plus, tu comprends, comme je ne peux rien lui envoyer chez sa femme...

— Elle est toujours aussi jalouse ?

— Pas de moi. Elle ne sait rien.

— Depuis quarante-deux ans ?

— Rien n'a filtré. C'est une sorte de chef-d'œuvre de l'adultère bourgeois.

— Tu es heureuse ?

— Ma foi... Je ne suis pas mécontente.

— C'est une drôle de vie quand même, non ?

— On s'y fait.

— Tu n'as jamais eu envie de te marier ?

— Avec Jean-Louis ?

— Avec Jean-Louis... ou un autre.

— Tu sais, le mariage c'est toujours une chose à laquelle une femme rêve un peu, même si au fond d'elle-même elle sait qu'elle ne pourra jamais accepter l'idée d'être une femme mariée...

Poupette prend un vase, va le remplir d'eau, met les fleurs dedans, regarde l'ensemble en silence.

— A quoi penses-tu ? demande Vic.

— A ça. Au bouquet.

— Tu le trouves beau ?

— Oui, beau. Mais un peu triste. C'est *Back street.*

— *Back street* ?

— Un film.
— Ça parle de quoi ?
— C'est l'histoire d'une idiote qui aime toute sa vie un imbécile marié avec une conne !

A eux seuls, ils occupaient toute une table du Mac Donald de la galerie des Champs. La viande de bœuf était bien tiède, exactement comme ils l'aimaient. Il y avait des jours où elle était trop chaude, ou vraiment trop froide. Mais ce jour-là, elle était parfaite. Ils l'arrosaient de copieuses gorgées de coca. Ils piquaient ensuite quelques frites dans les cornets posés devant eux, puis s'attaquaient de nouveau à leur Big Mac. C'était bon, mou, ça avait un vrai goût de Big Mac, le goût du mercredi et de la galerie des Champs.

François disait parfois qu'on avait tort de considérer la passion des jeunes pour les fast-food comme une preuve de la décadence de la civilisation occidentale. Au contraire, elle rénovait avec le goût ancestral des Européens, et surtout les Européens du Nord, pour les frites. Dans cet amour de la danse et des vêtements gais et seyants que François remarquait également chez les jeunes, il voyait un autre signe que ceux-ci étaient désormais bien pris dans le moule occidental du bal musette et des jolies toilettes, et qu'aucun penseur ou Christ ne les en ferait sortir, dût-il revenir de l'Enfer avec les cornes du diable dans une main et sa queue dans l'autre.

Au Mac Donald, il y avait Mathieu, Raoul, Arnaud, Stéphane, Jean-Pierre... La bande habituelle. Ils se sentaient bien. Ils se disaient qu'ils étaient ce qu'on fait de mieux au monde, dans le genre. Mathieu, en plus du plaisir que nous procure toujours l'excellente idée que nous avons de nous-même, avait celui d'attendre Vic, de savoir qu'au cinéma il serait assis à côté d'elle, qu'au milieu du film, et peut-être même avant, il l'embrasserait sur les lèvres, d'abord doucement, et puis fort. Il faudrait qu'elle ait les yeux très rouges en sortant du cinéma. Il faudrait qu'elle ait une démarche hésitante, comme s'il avait réussi à l'atteindre à son point d'équilibre...

Mathieu bouscula involontairement Jean-Pierre alors que celui-ci versait du ketchup sur ses dernières frites.

— Fais gaffe ! dit Jean-Pierre.

— Je fais - licitation !

— Fameux ! répliqua Jean-Pierre.

Il parlait des frites.

— Je fais - lix Potin ! ajouta Raoul.

— Fumeux !

C'était encore Jean-Pierre, mais là il parlait des blagues.

— V'là les deux Arsène Lupin, dit Arnaud.

Géraldine et Caroline venaient d'apparaître dans la galerie marchande. Elles partageaient les plaquettes de barrettes qu'elles avaient manifestement dérobées non loin de là.

— Je me les fais toutes les deux pendant le film, dit Arnaud, très vite, à Raoul.

Celui-ci crut bon de l'avertir que Stéphane était déjà sur le coup. Arnaud haussa les épaules :

— Tu paries ou tu ne paries pas ?

— Quoi ?

— Un Big Mac !

— T'es un flambeur, toi ! fit Raoul en hochant la tête.

— On a le temps de prendre un truc ? demanda Caroline.

Stéphane, en effet, s'empressait déjà auprès de la jeune fille, allant prendre la commande, rapportant avec des grâces de chevalier de la Table ronde le cheeseburger désiré.

Ce fut avec une satisfaction qu'il n'essaya nullement de dissimuler que Mathieu vit apparaître Vic, accompagnée de Pénélope et Samantha. Tout le monde se demanda ce que Samantha faisait là. Elle posait sur le monde, ce jour-là comme tous les autres, un regard rayonnant de méchanceté contenue.

Raoul dit à Pénélope :

— On ne va pas voir un Walt Disney, alors ta frangine...

Samantha, qui entendit la remarque, car elle avait des oreilles partout, et n'aurait eu aucune difficulté à comprendre ce que deux sourds-muets aveugles auraient dit sur elle dans leur langage de mains, se mit en colère.

— Hier, j'ai vu *l'Empire des sens*... Alors !

— Qui t'a amenée ? fit Pénélope étonnée.

— Papa !

— Ça m'étonnerait !

— Il m'a dit de choisir le film que je voulais, et j'ai choisi ça. Je le rencontre une fois par mois, il peut bien...

— Ecoutez, vos histoires de famille..., dit Raoul.

Vic était partie chercher les coca. Pénélope dit à l'oreille de Mathieu.

— Vic veut sortir avec toi.

— Elle te l'a dit ?

— Elle ne parle même que de ça.

Vic revint vers eux, chargée de plusieurs verres en carton, un grand sourire aux lèvres.

Ils s'installèrent tant bien que mal, se scindant en deux camps, les uns sur une rangée et les autres sur la rangée de devant, ce qui les éloignait moins les uns des autres que s'ils s'étaient répandus sur un seul rang. Mathieu était, comme il l'avait prévu, à côté de Vic, dont il tenait la main. Stéphane bousculé à un mauvais moment par un mauvais plaisant, il aurait juré que c'était Arnaud, se retrouvait à côté de Samantha qui, dès le début du film, lui empoigna la cuisse avec une vigueur tout à fait inattendue chez une personne si menue. Arnaud lui-même fut contrarié dans ses plans par la manie qu'ont les filles au cinéma de changer cinq fois de place avant de trouver la bonne, et il hérita de Pénélope, héritage dont, après quelques minutes de désappointement, il parut s'accommoder. Il s'en accommoda même si bien qu'à la fin de la première série de morts bizarres dans le film, il embrassa la jeune fille sur les lèvres.

Après la deuxième série de morts bizarres dans la famille de l'héroïne du film, Vic posa sa joue sur l'épaule de Mathieu. Elle la posa délicatement, en sachant bien qu'elle faisait une chose importante. Elle frotta son front au blouson du garçon, un peu comme un chat qui vous aime ou qui a faim se frotte le museau à vos jambes. Puis, les deux jeunes gens s'embrassèrent, exactement de la façon dont Mathieu avait pensé qu'ils s'embrasseraient. Ce fut très bon, très long, à la fin ils avaient mal aux lèvres et aux joues, ils se sentaient humides et barbouillés, ils sortirent de la salle de cinéma comme d'un rêve, et quand la mobylette de Mathieu démarra, les emportant vers la pâtisserie Lenôtre, Vic fut presque étonnée qu'ils ne s'envolassent pas.

Françoise revenait en taxi de son « atelier », un grenier à Montmartre qu'elle louait pour trois fois rien parce que la propriétaire était la meilleure amie d'un collègue de François. Une mobylette fit une queue de poisson au taxi. Le chauffeur donna un coup de frein furieux :

— P'tit con !

La mobylette folle traversa la chaussée. Françoise hurla. Sur le porte-bagages, elle venait de reconnaître sa fille.

Vic sauta à terre en riant, se pendit au cou du conducteur de la mobylette et l'embrassa d'une façon qui faillit provoquer chez Françoise un haut-le-cœur. Celle-ci se rua hors de la voiture. Vic, instinctivement, s'était retournée.

— Oh, merde ! dit-elle entre ses dents.

— Tu sais très bien que je t'interdis de monter sur une moto ! attaqua Françoise, folle de rage.

— Maman, je te présente Mathieu, dit Vic, espérant endiguer par cet accès de politesse le flot de reproches qu'elle sentait prêt à se déverser sur elle.

— Et sans casque en plus ! continua Françoise.

— Madame, fit Mathieu, c'est moi qui...

— Vous, vous conduisez comme un manche !

Mathieu pensa qu'il aurait mieux fait de se taire, et décida de ne rouvrir la bouche que quand on l'en prierait. Vic lui présenta une figure consternée et lui dit :

— Tire-toi, parce que...

Le garçon se dit que la suggestion était excellente. Il marmonna un timide « ...revoir ...adame », enfourcha sa mobylette et disparut. Vic était furieuse contre sa mère. Elle entra dans l'immeuble sans dire un mot.

— Et c'est moi qui ai l'air d'une vieille emmerdeuse ! dit Françoise, un ton plus bas — ce ton qu'on utilise quand on se rend compte qu'on a eu tort de se mettre en colère *à ce point-là* mais qu'on ne veut pas le montrer, tout en désirant se faire pardonner.

Vic eut un sourire amer et un peu méprisant.

— Est-ce que tu te rends compte que le taxi aurait pu vous tuer ?

— Mais oui...

— Non, tu ne t'en rends pas compte !

— Pour ce que tu t'intéresses à moi...

— Ne commence pas comme ça, Vic ! Je t'en prie !

Elles montèrent dans l'ascenseur.

— Tiens, dit Vic, en donnant son sac plein de gâteaux à sa mère.

— Qu'est-ce que c'est ?

— Tu as tout gâché...

— Ce n'est pas à toi de me faire des reproches ! N'inverse pas les rôles...

— On est sortis du cinéma et... et...

Vic avait de plus en plus de mal à parler. Sa vue se brouillait. Elle poursuivit néanmoins :

— On est allés voir son père... Il travaille chez Lenôtre... Il nous a donné des gâteaux. Dans le sac, il y a...

Françoise ouvrit le sac.

— ... les éclairs que je t'avais rapportés, acheva Vic.

— Vous savez, dit Eric Lehman, le professeur d'allemand de Vic, c'est rare quand je demande à voir les parents.

Ils marchaient dans le jardin d'hiver qui jouxtait une cour intérieure du lycée.

— Je peux vous demander quelque chose ? fit Françoise. Ne me dites pas qu'elle est intelligente et qu'elle ne fait rien !

— Je n'allais pas vous dire ça.

Il était grand, blond, sec. Il portait une veste en tweed. Il invita Françoise à s'asseoir sur un banc.

— J'allais vous dire que votre fille me prenait pour un con.

— Mais non.

— Si... Si...

— Mais... pourquoi ?

— Un jour, elle a perdu son livre, le lendemain, c'est son cahier, ou bien elle a la migraine. Une autre fois, elle vous a soignée toute la nuit.

— Moi ? fit Françoise en retenant un rire.

— Ça, elle est mignonne, gaie comme un pinson, heureuse de vivre... mais le travail...

— Ah, au lycée elle est gaie comme un pinson...

— Nous sommes en mars. Les conseils sont très bientôt. Elle aura E au trimestre. Et si ça continue comme ça, le passage en troisième...

— Je comprends.

— Il faudrait que vous lui parliez.
— Il faudrait surtout qu'elle m'écoute ! dit Françoise.
Elle se leva :
— Eh bien, je vous remercie pour ces bonnes nouvelles...
— J'aurais voulu pouvoir vous en annoncer de meilleures.
— On ne convoque jamais les parents quand tout va bien, n'est-ce-pas ?
— Alors, dans ce cas... Il faudrait presque la remercier...
Se décidant à prendre cette phrase plutôt comme un compliment que comme une avance, Françoise sourit poliment.
— Au revoir, monsieur Lehman, dit-elle en tendant la main au professeur.
— Mon prénom est Eric.
— Je sais.
— Je vous raccompagne, dit le professeur avec beaucoup de fair play.
— C'est gentil, parce que je ne me souviens plus du chemin.

La conversation avec Vic, Françoise ne l'eut jamais, en tout cas pas de façon suivie. La seule réponse à peu près cohérente de Vic était de demander à sa mère de lui « faire confiance ». Cette confiance, Françoise l'accorda sans enthousiasme, surtout parce qu'elle avait autre chose à faire et à penser.

De temps à autre, quand elle entrait dans la chambre de sa fille sous un prétexte quelconque, elle ne pouvait pas ne pas remarquer les grandes photos que Vic avait épinglées au mur. La plus grande, qui avait carrément les dimensions d'un poster, était collée au store vénitien. Toutes les photos représentaient Mathieu, de face ou de profil, en buste ou en pied, mais toujours vêtu de la même façon, ce qui indiquait que les clichés avaient été pris le même jour, et leur qualité, que vic était bien incapable d'obtenir toute seule, lui laissa à penser que Poupette, photographe émérite, était l'auteur de ce travail. Fançoise ne demandait pas de précision, et comme

Vic ne lui en donnait pas, elle n'avait aucun renseignement vraiment précis. Et elle savait que si elle interrogeait Poupette, celle-ci refuserait de lui dire quoi que ce soit. Ces deux-là faisaient toujours bloc contre le monde entier.

Pour les vacances de Pâques, les Berreton envoyèrent Vic aux sports d'hiver. Ils pensaient que cela lui ferait du bien, même si cela devait lui faire un peu de peine. Ils avaient en effet maintenant la certitude que Vic était amoureuse, mais ils n'avaient toujours aucun détail sur l'identité et la personnalité du petit ami. François savait seulement que son prénom était Mathieu, car le garçon appelait au moins une fois par jour à la maison. François, pas plus que Françoise, ne posait de question précise à sa fille. Il savait que cela pouvait tourner très mal.

Le matin du départ, Vic prépara son sac avec une mollesse et une mauvaise humeur inquiétantes. Les époux Berreton se demandèrent si dans le secret de son cœur elle ne préparait pas un esclandre du type : « Je reste. Si vous insistez pour que je parte dans cette colonie de merde, je saute par la fenêtre ! » Mais rien de tel ne se produisit. Vic boucla son sac et plaça dans son protefeuille, entre sa carte orange et sa carte du cours de danse, une photo de Mathieu, la plus belle, celle où il regardait Vic sans sourire.

Elle pénétra dans le salon, son sac à la main. Ce qui lui déplaisait le moins dans tout ça, c'était son nouvel anorak. Elle en était très contente. On était vraiment à l'aise là-dedans, elle n'en revenait pas. On avait sans cesse envie de rouler les épaules pour entendre crisser la matière. Et puis le blanc lui allait bien au teint. Une chance, pour quelqu'un qui part aux sports d'hiver !

Françoise était au téléphone. Tout en parlant, elle examinait devant la lumière la radio d'un péroné.

— ... à partir du 15 avril, entre sept et huit ?

Elle jeta un regard à François pour avoir son approbation, mais ce dernier ne suivait pas la conversation qu'elle avait au téléphone avec le docteur Dubois : il était occupé à découdre, à l'aide d'une paire de ciseaux, le bas de son pantalon coincé autour du plâtre.

— Ohhch ! grogna François, s'énervant.

— Laisse ! fit Françoise. Tu vas le déchirer... C'est le « kiné »...

— Quel « kiné »

— Pour ta rééducation, tu sais, si on ne les retient pas d'avance...

François haussa les épaules. Françoise prit cela pour un signe d'assentiment, et dit au « kiné » :

— C'est d'accord, tous les jours à partir du 15 avril.

Elle raccrocha, et ce fut seulement à ce moment-là qu'elle s'aperçut de la présence de Vic dans la pièce. Comme à chaque fois qu'elle voyait Vic sans s'être attendue à la voir, elle fut surprise par sa beauté.

— T'es déjà prête ? dit-elle.

— Ouais...

— Tu n'es pas très enthousiaste, à ce que je vois.

— Bof !

— Pourquoi ne dis-tu jamais « meuh » ? interrogea François, avec cet air à la fois concentré et pimpant qu'il avait quand il s'apprêtait à mettre quelqu'un en boîte.

— Pourquoi est-ce que je dirais « meuh » ?

— Ce n'est pas si différent de « bof ».

— Très drôle.

— En tout cas, te casse pas la jambe, parce que...

— Remarque, quelquefois, ça peut aider...

François tiqua :

— Pourquoi dis-tu ça ?

— Parce que...

Françoise, qui était partie à la cuisine tout de suite après avoir constaté, pour la centième fois au moins, le peu d'enthousiasme que Vic manifestait à l'idée de s'éloigner de Paris, revint dans le salon avec un verre de lait. Elle le tendit à François en disant :

— Très important, plein de calcium.

François avait horreur du lait et savait bien qu'il possédait tout le calcium nécessaire à un homme d'âge moyen pour mener une existence à peu près normale, néanmoins il but le verre d'un trait, pour se punir d'une part de sa tromperie, d'autre part de sa lâcheté.

— Je croyais que tu avais horreur du lait, dit Vic.

— Je ne veux pas que cette famille ait pour chef un infirme !

Françoise s'était tournée vers Vic :

— Ça fait trois mois que tu nous parles de tes vacances de Pâques !

— Mais je suis *très* contente, dit Vic, sinistre.

— Nous, tu sais, intervint François, on s'en passerait. Mille quatre cents francs, plus le forfait et la location des skis...

— Merci ! dit Vic en insistant sur le *ci*.

— C'est à cause de Mathieu ?

— Alors ça, je n'en ai rien à foutre de Mathieu !

— Franchement, Vic, dit François, ce n'est pas que la façon dont tu t'exprimes me déplaise foncièrement, mais j'aimerais qu'en présence de ta mère et de moi tu fasses un tout petit peu attention aux mots que tu emploies.

— De toute façon, tu ne vas pas m'entendre pendant dix jours, alors...

François regarda Françoise :

— J'ai peur que ça ne l'arrange pas, les sports d'hiver, question langage...

Françoise haussa les épaules, impuissante. Elle attrapa les clefs de la voiture :

— Bon, allez, on y va !...

— Non ! dit Vic. Place d'Italie, y'a deux stations... et puis, ça fait cloche de...

Vic embrassa son père. Ils échangèrent un drôle de regard. François n'avait pas oublié la façon dont sa fille lui avait laissé comprendre qu'elle *savait*. Mais que savait-elle et comment l'avait-elle appris ? Dans tous les moments de sa vie, sauf peut-être dans ceux — et ils n'étaient pas rares — où elle était l'exubérance même, Vic restait un mystère pour François.

— Ça fait cloche d'arriver avec moi, dit Françoise en reposant les clés. Je sais.

Cela commença par un soir de pluie. En fait, cela avait commencé des années plus tôt, en fac, quand François avait trompé Françoise pour la première fois. Ils n'étaient pas encore fiancés. Ça commençait mal — mais bien, de tant d'autres façons. En fait, François n'avait jamais expérimenté la fidélité, il ne savait pas ce que c'était. Parfois, il imaginait que c'était plutôt bien. Et d'autres fois, que c'était l'enfer. Mais en gros, ça ne le tentait pas.

Par un de ces paradoxes comme en réserve parfois l'existence, ce fut exactement au moment où il se sentait irrésistiblement attiré par la fidélité que François paya, et au prix fort, toutes ses infidélités passées.

Ce soir-là, il descendait les marches du dispensaire que la pluie rendait glissantes. Il glissa. Il tomba sur les fesses. Il se fit mal. Il se releva en hurlant. Il en avait marre, marre, de ce plâtre à la con, de ces poufiasses qui l'obligeaient à jouer pour Françoise des comédies absurdes et indécentes !

Il revint vers le dispensaire. Sa décision était prise. Tant pis si elle le menait tout droit vers la catastrophe, au moins ce soir il faisait quelque chose qu'il avait envie de faire. Armé de sa fraise, il découpa avec acharnement une tranchée à travers le plâtre, soulevant un nuage de poussière blanche qui se déposa sur son visage et ses vêtements. Quand Françoise, une heure plus tard, le vit à travers la vitre de la porte d'entrée de l'atelier de dessin, elle se demanda pourquoi il ressemblait à un maçon. Peut-être le plafond de l'appartement lui était-il tombé dessus ? « Pauvre François, pensa-t-elle fugitivement. Il ne lui arrive que des malheurs ! » Elle posa ses crayons, se leva et constata avec un sentiment d'horreur froide la disparition du plâtre. Elle interrogea François du regard, espérant encore se tromper, mais ce regard de chien battu, ce sourire résigné, elle les connaissait bien, elle les avait vus souvent, trop souvent ! Oui, son mari avait quelque chose à lui avouer, et que peut-on avouer à son épouse quand on n'a pas de fortune à perdre au jeu ? Toujours la même chose. Toujours la même vieille histoire. Il lui expliquerait qu'il avait rencontré cette femme par un fâcheux hasard, que ce jour-là, ne se sentant pas bien avec lui-même, il avait éprouvé le désir de se rassurer, de vérifier que son charme, ce cher vieux charme qu'il avait expérimenté tant et tant de fois, fonctionnait toujours. Et puis voilà, ce serait tout, il ne se donnerait pas la peine d'en dire plus, il jugerait l'affaire close, inviterait Françoise à dîner, la ferait rire, il savait très bien faire ça, et le reste. Mais ce soir-là, Françoise ne se sentait pas la force de se mettre en colère, d'accabler son mari de reproches, de trépigner, et puis de pleurer, de pardonner, de rire. Elle ne se sentait plus la force de rien. Elle arrêtait là. Elle ne voulait plus rien avoir à faire avec ce type qui était la seule personne au monde qu'elle aimât, avec Vic. Elle ne voulait plus le voir. C'était fini. C'était très simple. Elle lui expliqua ça au café du coin. Il avait commandé un demi. Il n'en but pas une gorgée. Il regarda sa femme sortir sous la pluie, monter dans un taxi. Il pensa qu'il était plus seul que Dieu avant la création, paya son demi, sortit à son tour du café et rentra chez lui.

La Rancho se frayait péniblement un chemin vers la place de la Concorde dans la rue de Rivoli. Françoise était au volant, et Poupette à ses côtés.

— Moi, dit cette dernière, je trouve que c'est une preuve d'amour extraordinaire !

— Quoi ?

— Le plâtre, son arrivée dans l'atelier... Et quel humour !

— Oh toi, François, du moment qu'il te fait rire !...

— Regarde-les tous, dit Poupette en désignant les conducteurs et les occupants des autres voitures. Des riches, des intellectuels, des tendres, des sauvages, mais... un type qui te fait rire, crois-moi...

— Il y a quelque chose que tu ne comprends pas, Poupette.

— Laquelle ?

— Je n'ai plus envie de rire.

— Une parfumeuse ! s'exclama soudain Poupette, songeant à Vanessa. Tu ne trouves pas ça drôle ?

— Pas du tout.

— Alors, il faut faire quelque chose !

— Je ne peux tout de même pas aller lui casser la gueule !

— A la parfumeuse ?

— Evidemment, à la parfumeuse ! Tu ne veux pas que j'aille casser la gueule à François, non ?

— Personnellement, je suis contre la violence, dit Poupette.

— Moi aussi !

— Mais, il y a des cas où... Ecoute, Françoise, j'ai une idée...

Françoise entra dans la boutique. Vanessa était derrière sa caisse. Elle portait une jupe noire et des bas à résille.

— Vous avez « Eau Sauvage » ? demanda Françoise.

— Mais bien sûr, madame, fit Vanessa.

Françoise la regardait intensément. Elle se demandait comment François avait bien pu coucher avec ça. Elle aurait préféré n'importe quoi à cette grande gigue dont la figure enluminée lui faisait presque pitié. François ne se donnait pas beaucoup de mal, décidément ! Il prenait ce qui lui tombait sous la main. Françoise en aima moins son mari, de constater qu'il la trompait avec une personne quelconque. Au fond, peut-être était-il quelconque, lui aussi ?

La jeune femme, tout en se faisant ces réflexions, ne perdait pas son plan de vue. Elle posa son sac sur le comptoir... et fit tomber un miroir à pied !

— Oh ! pardon, s'excusa-t-elle.

Vanessa eut un sourire coincé.

— Ce n'est rien, dit-elle.

— Vous permettez ? fit Françoise.

Elle prit le flacon d'« Eau sauvage » des mains de Vanessa et renifla :

— Délicieux !...

Le flacon lui échappa des mains et se brisa en mille morceaux sur le carrelage. Françoise, le bouchon dans la main, prit un air confus :

— Décidement !...

— Vous n'avez pas de chance, dit Vanessa, dont le ton commençait à devenir coupant.

— Je suis désolée... Vous avez « Caresse invisible » de Caron ?

« Caresse invisible » ne plut pas à Françoise qui demanda à voir de la poudre. On lui en montra. Elle fit la moue :

— Elle sent bizarre cette poudre, vous ne trouvez pas ?

— Ça m'étonnerait, fit Vanessa.

— Ah... ah... ah... tchoum !

L'éternuement monumental de Françoise fit que Vanessa eut le visage couvert de poudre. Françoise se retint d'éclater de rire.

— Je vous demande pardon ! dit-elle.

Vanessa, incommodée, éternua à son tour.

— Vous voyez ! fit Françoise triomphante. Elle est poivrée.

Elle tendit un kleenex à Vanessa. Au passage, elle bouscula une panoplie de vernis à ongles qui se répandirent aux pieds de Vanessa. Puis, elle se déchaîna. A l'aide de son sac, elle balaya le comptoir. Tout ce qui se trouvait dessus s'écroula.

Vanessa, horrifiée, glapissait :

— Mais vous êtes folle ! Mais c'est une folle !

Françoise fit ensuite des moulinets avec son sac, envoyant à travers le magasin fioles, statues, bouteilles et panneaux publicitaires qui fracassèrent les vitres des placards environnants.

Vanessa eut enfin la présence d'esprit de se ruer vers le téléphone et de commencer à composer le numéro de la police. Françoise sortit alors d'un cabas de toile qu'elle portait en bandoulière le plâtre de François, coupé en deux et couvert d'inscriptions. Vanessa se figea.

— C'est à vous, non ? fit Françoise.

Elle balança la plâtre à travers une dernière vitrine, et sortit.

Vic était en face d'eux, bronzée, toute fraîche débarquée du car. Il allait falloir lui faire comprendre le maximum de choses en lui donnant le moins d'explications possible. Ils se trouvaient dans un bistrot proche de la place d'Italie. Vic avalait avec appétit d'ogresse ses croissants chauds et son café au lait.

— Alors voilà..., commença Françoise. Nous avons décidé...

— *Tu* as décidé, répliqua François, avec son insupportable petit air de martyr.

Françoise le regarda durement, puis :

— *Nous* avons décidé... d'un commun accord... que nous avons besoin de... enfin... de nous oxygéner un peu.

— Ah bon ? fit Vic. Vous partez aux sports d'hiver ?

— Non, dit Françoise, ton père et moi... Nous avons besoin de...

— Dites, je pourrais donner une « boum » pour mon anniversaire ?

— Ecoute, Vic... J'aimerais vraiment que tu m'écoutes... Voilà : papa va passer quelque temps... ailleurs.

— Où ça ? demanda Vic en fronçant les sourcils.

— Chez un ami.

— Etienne ?

— Etienne, sûrement pas ! protesta François. Dans les Hauts-de-Seine ! Encore hier, j'ai lu qu'un berger allemand s'était suicidé parce qu'il ne supportait pas l'environnement ! De toute façon, ajouta-t-il en direction de Vic, ce n'est pas pour longtemps.

— Comme ça, dit Françoise, pour toi ça ne changera pas grand'chose puisque papa...

Vic les regarda, étonnée :

— Mais... Pourquoi ?

— Parce que j'ai..., commença François.

— Parce que, interrompit Françoise, quand on s'aime depuis longtemps, c'est bien de... enfin, ça devient une habitude, tu comprends ? Alors...

— Vous voulez vous « déshabituer » ? fit Vic, sans aucune ironie.

— Oui, dit François. C'est ça.

— C'est que les week-ends..., commença la jeune fille.

— Quoi, les week-ends ? demanda François.

— Ben, le samedi, c'est le soir des boums.

— Ces boums ! Toujours les boums ? Tu ne penses donc qu'à ça ? Il n'y a rien d'autre qui te motive ?

Brusquement, Vic parut se rendre compte de la gravité de la situation. Elle regarda son père et sa mère à tour de rôle, puis leur demanda, avec inquiétude :

— Vous n'allez pas divorcer, quand même ?

Vic préférait l'autobus au métro. Pénélope, c'était l'inverse. Elle trouvait que l'autobus, il faut l'attendre trop longtemps. Vic, pas plus que Pénélope, n'aimait attendre, mais elle aimait encore moins être sous terre. S'il y a un sport qu'elle ne pratiquerait jamais, même sous menace de mort, c'est bien la spéléologie !

Dans l'autobus, en face des deux jeunes filles, il y avait Poupette. Vic l'avait convoquée à une rencontre au sommet, car la situation était grave : Mathieu « sortait » avec une autre fille ! Mais Vic n'était pas du tout disposée à lâcher le morceau. Elle se battrait jusqu'à l'extrême limite de ses forces pour récupérer le garçon, ou du moins se venger de lui. Elle n'aurait jamais dû partir aux sports d'hiver, elle savait cela depuis le début ! Ça ne lui servait à rien d'avoir autant bronzé !

A côté de Poupette était assise une grosse dame à lunettes. Elle tricotait un chandail pour l'hiver.

— Je te dis que Pénélope les a vus ensemble ! insista Vic.

— Où ça ? fit Poupette.

— Hier soir, à la Main Jaune..., dit Pénélope.

— Elle a quel âge ?

— Seize ans, répondit Vic, accablée.

— Ça, fit Pénélope, il avait l'air vachement mordu.

— Elle est sublime en plus, dit Vic.

— En plus de quoi ?

Vic jeta un bref regard à la grosse dame au tricot, se pencha vers Poupette et dit, baissant la voix :

— Ben... Elle... Enfin, tu vois, c'est le genre qui...

— Elle couche ? demanda Poupette, d'une voix forte et bien claire, comme si elle eût voulu être entendue du conducteur, ou plutôt comme s'il n'y avait pas de conducteur, ni de grosse dame à lunettes, ni aucun des passagers de l'autobus — comme si Vic, Pénélope et elle, étaient absolument seules au monde.

Les aiguilles de la grosse dame marquèrent un temps d'arrêt. Poupette paraissait sincèrement désolée :

— Ça, c'est embêtant !

Puis, vers Pénélope :

— Elle est vraiment si bien que ça ?

— Oh, la, la... Blonde, avec des yeux...

— On est dans la merde, fit Poupette. Enfin, provisoirement, mais jusque-là !

Elle se tourna soudain vers la grosse dame à lunettes :

— Qu'est-ce que vous en pensez, vous ?

— Moi ?... De quoi ?...

— Ben oui, vous nous écoutez, alors tant qu'à faire donnez-nous une idée.

La dame haussa les épaules et se leva en grommelant quelque chose sur les méthodes modernes d'éducation des enfants.

— T'en as parlé à ta mère ? demanda Poupette à son arrière-petite-fille.

— Oh, tu sais, maman, en ce moment...

— Faudrait le rendre jaloux.

— C'est des trucs de ton époque, ça...

— Essaye, tu verras bien.

— Mais comment ?

— Tu n'as pas envie de... « sortir » avec quelqu'un d'autre ?

— Non, dit Vic, après un court temps de réflexion.

— Même en te forçant ?

— Je n'aime pas me forcer...

— Penses-y tout de même.

Vic était couchée, plongée dans un « traité » de danse classique tout en avalant à la petite cuillère le contenu d'un pot de compote pour bébé. C'était encore un trait qui la différenciait de sa meilleure amie. Pénélope trouvait que les pots pour bébés avaient tous un arrière-goût de vomi, alors que Vic en consommait au moins un ou deux par jour. Ce soir-là, elle avait également posé à côté d'elle, sur le plateau, deux tartines de confiture, un grand verre de lait et une boîte de chocolat en poudre.

Le téléphone, qui était au pied du lit, se mit à sonner. Vic décrocha immédiatement. A l'autre bout du fil, Pénélope ne prit pas le temps de faire « Allô ». Elle savait que ce serait Vic qui décrocherait, et qu'elle serait impatiente de recevoir les informations promises. Elle dit tout de suite :

— Ils sont là !

Vic se dressa sur son lit :

— Encore !

— Ils viennent d'arriver, toute une bande. Il y a même Raoul...

— Et Lydia ?

— Oui, évidemment. C'est une soirée patins à roulettes ! Et puis, dis donc, j'ai rencontré un mec : Dustin Hoffman en blond !

— J'arrive, dit Vic.

— Comment tu vas faire ?

— Ma mère est sortie.

— Au fond, dit Pénélope, c'est encore plus facile pour toi que pour moi, de faire le mur...

— Oui, dit Vic en songeant qu'à la différence de Pénélope elle le ferait ce soir pour la première fois.

Lydia avait de beaux patins à roulettes. Elle avait dû les payer très cher. Elle était plus vieille que Vic de deux ans, on lui donnait sûrement plus d'argent de poche que Vic n'en aurait jamais cette année, même en arrivant première dans toutes les matières, ce qui était d'ailleurs hors de question. Elle portait les patins qu'on louait à l'entrée, un blouson phosphorescent qui appartenait à Françoise, une écharpe et une ceinture qu'elle avait également prises dans l'armoire de sa mère, et son collant de danseuse. Elle s'était maquillée avec soin.

Elle avançait, intimidée, mal assurée sur ses patins (elle n'en avait pas fait depuis la sixième), cherchant Pénélope du regard. Mais son regard revenait toujours sur Lydia, superbe, élancée, blonde comme on l'est seulement à certaines heures de la nuit.

Vic aperçut enfin Pénélope qui faisait joyeusement le tour de la piste en donnant la main à un garçon de petite taille et au nez busqué.

— Pénélope ! appela Vic.

— Ça va ? demanda Pénélope, en s'arrêtant devant son amie avec une aisance qui laissa Vic pantoise.

Le petit blond souriait déjà de toutes ses dents.

— Salut ! fit-il.

— Salut, dit Vic, neutre, indifférente.

Puis, vers Pénélope, avec une expression d'accablement total :

— Faudrait que je danse.

— Eh oui... T'es là pour ça, hein ?

— Je t'emmène, dit le petit blond.

« Jusqu'à quand me chipera-t-elle tous mes mecs ? » pensa Pénélope. Mais au fond, elle s'en moquait, et puis elle savait bien que son amie ne serait pas du tout sensible au charme subtil de « Dustin ». Il lui fallait autre chose à Vic, la grosse cavalerie, des mecs *évidents*. Pénélope admirait et aimait Vic, tout en la détestant un peu. Parfois, elle aurait voulu que son amie tombe malade, ou se casse quelque chose. Oh ! rien de grave... Elle viendrait la voir chez elle, lui raconterait les potins du lycée. Elle servirait d'intermédiaire entre Vic et les autres, organiserait les rendez-vous. Elle deviendrait un personnage important. Aujourd'hui, elle n'était que « l'assistante » de Vic. En cas de maladie ou de jambe cassée, elle en serait le « deus ex machina ». De plus, elle n'aurait plus la tristesse de voir tous ses petits amis faire à Vic une cour frénétique et obstinée.

En passant devant Mathieu, Vic prit la main de son cavalier. Mathieu remarqua ce geste. Il se tourna aussitôt vers Lydia qu'il embrassa à pleine bouche. Voyant cela, Vic retira brusquement la main de la main de « Dustin », de sorte que celui-ci perdit l'équilibre et se retrouva les quatres fers en l'air, au plus grand affolement de Pénélope qui accourut.

— Tu ne t'es pas fait mal ? demanda-t-elle au garçon.

— Non... non, fit celui-ci en se relevant. Mais alors ta copine, hein... Elle ne serait pas un peu « marteau » ?

— Elle a des ennuis en ce moment, expliqua Pénélope, important. Ça ne va pas avec son mec.

— C'est qui ?

— Lui, dit Pénélope en montrant Mathieu, toujours pendu aux lèvres de Lydia.

— En effet, dit Dustin en hochant la tête. Ça n'a pas l'air d'aller très fort.

Soudain, François fit irruption dans la salle. Comme tout le monde, il portait des patins, ce qui ne semblait pas le réjouir particulièrement. A un moment, il perdit le peu d'équilibre qu'il avait, se rattrapa au rebord du bar, sous le regard très légèrement ironique du barman.

— Ton père est là ! fit Pénélope.

Vic se retourna. François patinait tant bien que mal vers elle. Il grimaçait horriblement.

— Ce n'est pas possible ! dit Vic. Je rêve.

Son père étant à présent à portée de voix, elle lui demanda, pendant que Pénélope et Dustin filaient vers des horizons plus sereins :

— Qu'est-ce que tu fais là ?

— Non mais ! fit François en s'accrochant à la rambarde. C'est la meilleure, ça ! Ce que je fais là ? Et toi, hein, qu'est-ce que tu y fais ?

— Papa, écoute-moi...

— Ta mère ne t'a pas trouvée dans l'appartement. Elle a

téléphoné au studio. Je lui ai conseillé d'appeler chez Pénélope. Heureusement que la petite Samantha savait où était sa sœur... Ta mère est furieuse ! Et moi, franchement, je trouve que j'ai l'air d'un con ! On rentre, maintenant... J'ai trop mal aux pieds et il va falloir que tu t'expliques avec Françoise.

Une idée traversa Vic. « Une idée de génie », pensa-t-elle. Il y avait des moments comme ça où elle était sincèrement très épatée par elle-même. Elle sourit à son père avec une tendresse trouble, et dit :

— Une seconde, juste une seconde... Je t'expliquerai...

Elle se mit à couvrir le visage de son père de baisers rapides mais insinuants. François essayait de se dégager :

— Mais... Vic... arrête... Arrête, tu me chatouilles !

Vic, sans avoir besoin de tourner la tête, vit nettement Mathieu et Lydia passer non loin d'eux et s'installer à la table où se tenaient déjà Raoul, « Dustin » et Pénélope. C'était le moment de frapper le grand coup. Vic attrapa le visage de son père et colla sa bouche contre la sienne. François, suffoqué, se dégagea :

— Mais t'es complètement folle !

Raoul observait la scène, très surpris. Il savait, pour l'avoir vu à deux ou trois reprises à l'entrée du lycée, que cet homme de quarante ans dont Vic embrassait passionnément les lèvres n'était autre que le père de celle-ci ! Il y avait là une « magouille » dont Raoul était bien curieux de connaître les tenants et les aboutissants.

— Qu'est-ce que c'est que ce type avec Vic ? demanda Mathieu.

— Aucune idée, dit Raoul, perfide.

Il est deux heures et demie du matin. Au loin, le tonnerre gronde. C'est un orage qui s'approche. La pluie ne va pas tarder à tomber. François, debout, regarde la ville endormie. Il se souvient que ses essuie-glaces sont en panne. S'il se met à pleuvoir, Françoise ne pourra décemment pas le laisser repartir. A moins qu'elle n'appelle un taxi, mais elle ne fera pas ça, se serait vraiment trop cruel, trop méprisant.

François se rassoit à la table de la cuisine. Françoise est debout, en robe de chambre. Elle tourne une cuillère en bois dans une casserole au-dessus du feu. Elle prépare des œufs brouillés. Ce n'est pas sans hésitation qu'elle a renoué avec ce rite. Naguère, quand ils revenaient chez eux au milieu de la nuit, même épuisés par la danse ou les conversations, ils prenaient la peine de faire un détour par la cuisine, où Françoise préparait les œufs brouillés rituels pendant que François échangeait avec elle ses impressions sur les gens avec qui ils venaient de passer plusieurs heures.

— Qu'est-ce que tu veux, dit François, elle a besoin d'un père... d'un mec fort ! Qui la tienne comme ça !... A son âge, c'est très important... Baveux, hein !

— Je sais.

— C'est très important le respect, la discipline... Seulement, il faut une famille bien...

— Soudée.

— C’est ça. C’est drôle, cette façon qu’on a de penser souvent les mêmes choses en même temps.

— Je ne pense pas les mêmes choses que toi, en ce moment.

— Qu’est-ce que je pense, en ce moment ?

— Je le sais, et je sais aussi que tu sais que je le sais.

— Tu me fais un croquis ?

— Non. Estime-toi heureux que je te fasse des œufs, déjà...

François se lève, ouvre le frigo, dont il sort un pull bleu marine :

— Qu’est-ce que c’est que ça ?

— Mon pull angora. Ça supprime les peluches.

— Ah bon.

Il remet le lainage à sa place, prend une bière et se rassoit :

— Moi, je trouve que... Etant donné ce qui s’est passé ce soir... Je devrais...

— Non.

— Je n’ai encore rien dit !

Françoise versa les œufs brouillés dans l’assiette de François en disant :

— Tu penses si fort que je t’entendrais du rez-de-chaussée...

Un coup de tonnerre. La pluie se met à tomber aussitôt. François entame ses œufs avec un appétit redoublé, puis :

— Qu’est-ce que ça tombe, hein ?

— Je te prêterai un parapluie pour aller jusqu’à ta voiture...

— L’ennui, c’est que...

— Oui ? fait Françoise, coupante.

— Mon essuie-glace est en panne.

— Tu espères que je vais te croire ?

— Je te jure, Françoise. Viens voir avec moi, si tu veux...

Françoise secoue négativement la tête. Elle a compris. François l’a eue une fois de plus. Mais il passera la nuit dans le divan. Elle ne se laisera pas faire sur ce point.

— Comment ils sont, les œufs ? demanda-t-elle, lasse.

— Divins !

Elle a fermé sa porte (mais pas à clé), éteint la lumière. François est trop grand pour le divan, bien qu'en fait il ne soit pas très grand. Il sent que dans cinq minutes il commencera à avoir mal aux reins. Dans dix minutes, le drap et l'oreiller seront par terre. Après, ce sera la débâcle, et il n'est pas douteux que le chirurgien-dentiste finira dans la cuisine, avec un paquet de cigarettes et ce qui reste de la provision de bière que, détail émouvant, Françoise avait faite avant qu'il ne soit chassé du cercle familial. François ferme les yeux. Cela lui demande un véritable effort. Dans ce cas, l'insomnie a beau jeu ! Il ne résiste plus à cette invasion de rêveries plus folles les unes que les autres, de pensées sombres, concernant tout à la fois Françoise, Vic, son travail au dispensaire, et surtout lui-même. Passer, à quarante ans, dans sa propre maison, une nuit sur un divan, en sachant qu'on sera chassé le lendemain matin, pousse à réfléchir. Tellement occupé par son insomnie, François ne s'est pas aperçu qu'il s'est endormi. Il faut dire, à sa décharge, que c'est une chose dont il est rare qu'on s'aperçoive. Il se réveille en sursaut. Dehors l'orage gronde, tenace, angoissant. François regarde la porte de la chambre à coucher, hésite, finit par se lever, s'y dirige sur la pointe des pieds...

— François... François, réveille-toi...

— Quoi ? Qu'est-ce qu'il y a ? Quelle heure est-il ?

— Il est six heures... Je ne veux pas que Vic te trouve ici !

— Tu crains un traumatisme ? demanda François sur un ton plaisant mais avec une vague mauvaise humeur.

— Cette gosse, elle ne va rien comprendre. Si elle te trouve là, dans mon lit, elle va croire que tu es revenu.

— Et... je ne suis pas revenu ?

— Non, François.

Vic ne pense pas à son père. Elle ne pense pas à sa mère non plus. Elle regarde le jour se lever. Les oiseaux chantent depuis au moins une demi-heure. Vic ne parvient pas à se décider s'ils sont charmants ou exaspérants. Tout ce qu'elle sait, c'est qu'ils ne la distraient pas de son désespoir. Désespoir est le mot. Vic ne voit pas de solution à ses problèmes, et c'est bien ce qui l'a empêchée de dormir de toute la nuit ! Elle voudrait mourir, mais non, c'est impossible, ils seraient trop contents tous les deux, Lydia et Mathieu, plus rien ne viendrait troubler leurs petites soirées à la Main Jaune.

A six heures cinquante-sept, Vic décide que ça ne se passera pas comme ça ! Trois minutes plus tard, elle dort à poings fermés.

Dissimulée dans l'abri-bus, elle attendait. De temps à autre, elle regardait sa montre. Mathieu aurait dû être sorti depuis déjà trois minutes ! Ce n'était pas possible, pour arriver à l'heure au lycée il devait conduire comme un fou sa mobylette. Vic avait peur pour lui, et se demandait en même temps si au fond d'elle-même elle ne désirait pas qu'il se tuât. Comme ça, au moins, il ne la tromperait plus ! Vic, dans le silence de l'abri-bus, se reprocha aussitôt ses mauvaises pensées. Elle aimait Mathieu. Elle l'aimait plus que sa mère, son père et le chocolat en poudre réunis. Quand elle disait tout bas « Mathieu », elle avait envie de pleurer, ou de rire, ça dépendait des jours, des heures. Quand elle marchait, quand elle s'asseyait, quand elle rejetait la tête en arrière pour regarder le plafond ou le ciel, elle sentait bien qu'elle n'était pas seule. Il y avait quelqu'un en elle, qui bougeait en même temps qu'elle. C'était son double. C'était Mathieu. Quand elle pensait à lui, elle avait l'impression d'être caressée par cette pensée. Cela lui faisait du bien et, au bout d'un certain temps, du mal.

Mathieu sortit de l'immeuble. Il portait son blouson bleu, celui qu'elle préférait, celui avec des étoiles. Elle essaya de fixer dans sa mémoire cette mince et élégante silhouette qui montait sur la mobylette. En effet, sur les conseils de Poupette, la jeune fille avait décidé d'interrompre toute relation avec Mathieu. Cette décision lui coûtait beaucoup mais, selon

Poupette, c'était la seule chance qu'elle avait de récupérer « l'homme de sa vie », ainsi que de lui faire perdre à jamais de vue toute perspective d'une liaison durable avec toute personne ne s'appellant pas Vic Berreton.

Assise à son bureau, elle faisait ses devoirs. La sonnerie de la porte d'entrée retentit. La jeune fille se leva, alla ouvrir. Françoise entra, chargée comme d'habitude de deux sacs en plastique bourrés de victuailles, son carton à dessin coincé sous un bras, le courrier entre les dents.

— Han ! Han ! fit-elle.

Vic lui retira le courrier de la bouche.

— T'es déjà rentrée ? demanda Françoise.

— Mon prof de danse est malade... Dis, la guerre de Succession d'Espagne, raconte.

Elle avait suivi sa mère dans la cuisine. Françoise rangea ses achats dans le réfrigérateur :

— La guerre de Succession d'Espagne... Attends. Louis XIV. Les Autrichiens. Les princes allemands... Heu, tu sais, le coursier du journal passe à minuit, alors ce soir...

— Quand c'est moi, tu n'as jamais le temps ! s'écria Vic tout en songeant que c'était une excellente phrase pour sortir en claquant la porte, ce qu'elle fit aussitôt.

Elle regagna sa chambre, se mit à gratouiller quelques notes sur sa guitare. Elle connaissait bien sa mère. Elle savait que celle-ci ne tarderait pas à débouler pour exiger une explication ! Elle ne se laissait pas « culpabiliser » comme ça. Elle avait des défenses.

Elle entra dans la chambre d'un pas assuré. Vic ne leva pas les yeux de sa guitare. Françoise se laissa tomber sur un gros coussin.

— Au lycée, tu es gaie comme un pinson, dit-elle. Alors, pourquoi ici... ?

— Qui t'a dit ça ?

— Ton professeur d'allemand.

— Evidemment, à côté de lui...

— Comment ça ?
— Il n'est pas très gai !
— Tu trouves ?
— Peut-être qu'avec toi, je ne sais pas...

Françoise rosit. Elle avait passé la soirée d'hier avec Eric Lehman. Il l'avait emmenée dans un restaurant, puis dans un cinéma. Cela n'avait rien de bien original, sauf que le restaurant était libanais et le film malaisien. Quant au monsieur, il était très pressant, d'ailleurs un peu trop pressant au goût de Françoise — qui continua, comme si elle n'avait pas entendu la remarque de sa fille :

— Jamais un sourire, tu ne me racontes rien, tu ne me demandes même plus de t'embrasser, tu te dérides quand on va acheter des trucs, ou pour me parler de ta boum, sinon... Oh et puis, quelle horreur ! Je parle comme une vieille mère démodée !

Vic demeurait silencieuse, repliée sur elle-même. Françoise se leva, exaspérée. Elle se demandait si ce genre de scène avec sa fille servait à quelque chose. Il y avait vraiment des moments où Vic donnait l'impression de ne plus comprendre le français. Françoise poursuivit néanmoins :

— Cette situation avec papa, je peux t'en parler... je peux te parler de tout, d'ailleurs. Je ne l'ai pas fait parce que, justement, je ne te sens pas en ce moment, ou plutôt je te sens... m'échapper.

— Je suis dans une cage ?

Françoise s'agenouilla devant sa fille et dit, avec une tendresse qui parut presque gêner celle-ci :

— Oui... mais la porte est ouverte... Et dès que tu n'auras plus besoin de moi, tu t'en iras... Seulement maintenant, c'est un peu tôt, tu ne trouves pas ?

— Il n'est pas question de ça ! dit Vic en haussant les épaules.

— De quoi est-il question, Vic ? Parle-moi.

— Pas envie.

Françoise regarda sa fille avec une tristesse ostensible. Elle tenait absolument à lui montrer qu'elle avait beaucoup de peine. Le silence se prolongea. Cela devenait gênant. Par bonheur, le téléphone sonna. Vic regarda sa mère avec un petit sourire, l'air de dire : « Ça t'arrange, hein ? » Au fond d'elle-même, Françoise reconnut que c'était vrai, que ce coup de téléphone lui retirait une épine du pied. Cela ne l'empêcha pas de pousser un soupir triste, un soupir d'incomprise. Elle se leva et marcha, désolée, vers la porte. Dans le couloir, elle pressa le pas.

C'était Eric.

— Bonjour, dit Françoise.

— Dis-donc, ton ex-mari...

— Ce n'est pas mon ex-mari, rectifia Françoise. On est un peu séparés...

— Eh bien voilà, on s'est battus avec des types...

— Quoi ? Mais comment : battus ? Il n'est pas blessé au moins ?...

A l'autre bout du fil, il y eut un silence dans lequel Françoise crut déceler un peu d'amertume.

— Non, dit enfin Eric. Mais moi, j'ai un œil un peu...

— Ils étaient combien ?

— Ah, mais le coquart, ce n'est pas eux, c'est lui.

— Ecoute, je ne comprends rien à ton histoire...

— Après que ton mari m'a aidé à disperser les loubards qui s'attaquaient à la voiture, il m'a balancé une droite dont je me souviendrai, en me conseillant de ne plus « m'occuper de sa femme ».

— Mais comment il savait qui tu étais ?...

— Ecoute, il devait être devant chez toi dans sa voiture quand j'ai essayé de...

— Ah oui, dit Françoise, c'est sûrement ça.

Vic venait de faire son apparition dans le salon.

— Bon..., dit Françoise... On s'appelle plus tard ?

— Et pour ce soir... ?

— Je ne sais pas...

— Je te rappelle ?

— Oui, c'est ça... Au revoir.

Elle raccrocha.

— C'était qui ? demanda Vic.

— Un copain de... Un collègue de l'atelier.

— Je le connais ?

— Non.

Un petit sourire amer traversa le visage de Vic. Elle passa devant sa mère sans la regarder et disparut à nouveau dans sa chambre.

Pour Samantha, cette journée s'annonçait comme les autres : plutôt mal. D'abord, il y avait du soleil. Samantha n'aimait pas ça du tout. Elle préférait la pluie. Elle trouvait que, par temps gris, elle avait un plus beau teint. De plus, Samantha n'était pas une bonne élève. Elle aimait mieux dormir, ou dire du mal de tous les gens qui passaient dans la rue. Ça l'intéressait beaucoup plus que l'histoire ou les mathématiques. Elle s'installait au balcon, avec une bonne provision d'illustrés et de coca-cola. Elle penchait la tête et ricanait toute seule dans son coin, ne s'interrompant que pour boire quelques gorgées. Il lui arriva, à deux reprises, de cracher tout bonnement sur des personnes qu'elle jugeait indigne de passer devant chez elle. Mais elle le regrettait toujours. Au fond, Samantha avait bon cœur. Mais alors, *tout au fond*.

Ce matin-là, donc, elle se rendit au lycée, où il ne se passa rien de spécial. Elle écouta les cours d'une oreille, et de l'autre enregistra les cancans de la classe, dont elle se souviendrait beaucoup mieux ! A la récréation de dix heures, elle échangea un trente-trois tours des Stones contre un foulard anglais *made in* Formose, puis entra avec une jovialité non dissimulée dans la classe de travaux manuels. Samantha avait une grande passion pour les travaux manuels. Elle était très adroite de ses mains. A la maison, quand la machine à laver la vaisselle donnait des signes évidents de lassitude, c'était toujours elle qui la remettait en train. De même pour les prises et les robinets, Samantha, du haut de ses onze ans, dominait les situations les plus critiques.

A onze heures trente, elle sortit de la salle de travaux manuels. Elle était la dernière, avant le professeur. Celui-ci avait bien remarqué qu'outre son travail la petite fille avait parachevé celui de deux de ses camarades.

A la sortie du lycée, elle aperçut François. Elle resta figée sur place. Depuis qu'elle l'avait vu dans la rue un dimanche matin, elle avait pour le père de Vic une vraie passion. Elle le trouvait beau, mais en fait plus que beau : sexy. Elle ne savait pas à quoi ça tenait. Ou plutôt si, elle le savait, mais se sentait incapable de le dire à qui que ce fût au monde. Ce début de calvitie, par exemple. Qui, dans son entourage, aurait compris ça ? Et ces rides qui se frayaient sur le front de François un chemin spirituel. Le petit ventre rond comptait aussi.

Elle s'approcha de lui, avec l'impression de marcher sur des nuages avec des jambes en coton.

— Bonjour, dit-elle.

— Bonjour, fit François, surpris.

— Je suis la sœur de Pénélope.

— La sœur de Pénélope ?

— L'amie de Vic...

— Ah, je vois... Enchanté, mademoiselle.

— Qu'est-ce que vous faites ?

— Hein ?

— Qu'est-ce que vous faites *ici* ?

— Ah... J'attends Vic, justement.

— Ah, bon.

— Eh oui...

La tristesse de Samantha fut grande, de constater que François n'avait envie que d'une chose : la voir déguerpir. Elle se sentait prête, pourtant, à lui donner beaucoup. Son amour, d'abord. Son affection ensuite. Et puis sa compréhension, son indulgence, sa fidélité, son sens pratique, etc.

La « bande » de Mathieu fit son apparition. Le jeune garçon reconnut en François l'homme « mûr » qui avait embrassé Vic sur la bouche à la Main Jaune. Son visage changea, Mathieu était un jaloux, et un nerveux. Suivi de ses camarades, il s'approcha du dentiste :

— Non seulement vous aimez les petites filles, mais maintenant vous les prenez au biberon !

Le groupe s'éloigna en ricanant. François était sidéré. Il mit un certain temps à comprendre ce qui venait d'arriver, ce qu'on venait de lui dire. Puis, il se lança à la poursuite des gamins, frappa sur l'épaule de Mathieu qui se retourna.

— Répétez-moi ça !

Mathieu le regarda bien en face et dit :

— Dans le noir, vous pouvez encore passer pour un minet, mais à la sortie du lycée vous faites carrément vieux maniaque !

François ne voyait absolument pas de quoi parlait ce garçon, mais il lui tapa dessus par principe, parce que, de longues, longues années auparavant, son père lui avait inculqué cette règle, qui était de ne jamais se laisser insulter sans réagir avec violence. Un pugilat s'engagea. Tous les copains de Mathieu s'en mêlèrent. Samantha s'en mêla elle aussi. En effet, elle n'avait pas tardé à constater que le père de Vic était en position de faiblesse. Elle allait changer tout ça ! Elle se servit surtout de ses dents, de ses griffes et de ses pieds, ce qui est contraire à toutes les règles de l'art du combat.

François jugeait un peu ridicule de se coltiner avec des garçons au moins deux fois moins âgés que lui, mais là où le ridicule atteignit à son sens les sommets, ce fut quand il vit Eric Lehman, l'homme auquel, deux jours plus tôt, il avait mis un coquart, s'échiner à séparer les combattants.

— Qu'est-ce que vous foutez là, vous ?

Vic les rejoignit :

— Papa ! Qu'est-ce qui s'est passé ?

Elle ramassa le classeur et les livres que le professeur avait perdus dans la bataille, et les lui tendit.

— Tu le connais ?

— Ben, c'est M. Lehman, mon prof d'allemand.

François, sans comprendre, ou plutôt en comprenant trop

bien, entraîna Vic loin de toute cette pagaille. La jeune fille sautait presque de joie.

— Il t'a cassé la gueule ! s'écriait-elle émerveillée. Il t'a cassé la gueule ! C'est génial ! C'est génial !

— C'est génial, dit François, sinistre, en ouvrant la portière de sa voiture.

Le sifflet appartenait à Mathieu. C'était un petit sifflet de rien du tout, mais Vic l'avait trouvé sur son paillasson, ce matin même. C'était un message. Ça signifiait que tout recommençait, si elle le voulait bien. Et elle ne voulait que ça ! Elle avait embrassé le sifflet puis, avec cet entrain un peu effrayant dont elle était parfois capable, avait sifflé dedans, réveillant Françoise et la faisant sauter de son lit pour vérifier qu'il n'y avait pas d'agent de la circulation dans l'escalier. Une fois de plus, elle hurla sur Vic, qui se demanda si elle allait, une fois de plus, elle aussi, accuser sa mère de toujours « tout gâcher ». En fin de compte, elle préféra lui sauter au cou, l'embrasser avec force sur les joues et se proposer pour aller chercher les croissants.

Dans la voiture de Poupette, qui se dirigeait dangereusement vers l'autoroute du Nord, elle n'arrêtait pas de retourner dans ses mains le présent de Mathieu :

— Tu ne peux pas savoir ce que ça représente, ce sifflet... C'est, c'est lui ce sifflet ! Et puis, il a mis sa bouche, là... et puis, tu as vu le cœur qu'il a collé ?

— Tu penses ! fit Poupette. Sublime, le cœur !

— Quand j'ai vu le paquet sur le paillasson ! J'en aurais pleuré... D'ailleurs, j'ai pleuré !

— Tu l'a appelé ?

— Il est parti à Cabourg.

— *Pour* Cabourg... Bon, alors nous, après le concert,

Amsterdam, « La Ronde de nuit »... Et puis Bruges, tu vas voir, c'est...

Vic ne savait pas ce que c'était que Bruges, et n'avait guère envie de le savoir. Pour elle, il n'y avait plus au monde que ce sifflet, et celui qui le lui avait donné. Elle dodelinait de la tête, donnait un petit baiser à l'objet, riait sans raison pour tomber une seconde plus tard dans une rêverie épaisse comme du jus de réglisse.

Elle finit par dire :

— Juliette, elle avait quinze ans, et Roméo...

— Regarde où ça les a menés !

Poupette essaya de ramener Vic vers des rivages plus culturels :

— Tu as déjà vu des Vermeer, toi ?

— On s'aime autant que les grandes personnes, continue Vic sur sa lancée. Je ne sais pas, moi, pourquoi on ne ferait pas pareil. A dix-huit ans, on peut tout faire. A quatorze...

— Et où serais-tu en ce moment, si tu avais dix-huit ans ?

— A Cabourg !

— Je commençais à m'en douter.

— On aurait rendez-vous sur la plage... Il courrait vers moi... Je me jetterais dans ses bras. On se pardonnerait en pleurant et... On coucherait ensemble !

— Carrément !

— Pourquoi pas ? Il y a la pilule !

— Ah ! pardon... J'oubliais. Seulement, la pilule ça protège contre les bébés dans le petit ventre, pas contre les bobos dans le petit cœur.

— Hé, ho, Poupette !

— Quoi ?

— Je n'ai plus trois ans.

— Je ne t'ai jamais parlé comme si tu avais trois ans !

Elles arrivèrent au péage. Poupette ralentit. Puis, tout à coup, elle vira vers la sortie de l'autoroute.

— Ben, où tu vas ? demanda Vic.

— A Cabourg !

— Tu plaisantes ?

— Jamais avec les choses légères ! Remarque, je ne crois

pas qu'on s'engage maintenant dans une chose légère... Enfin, on verra bien !

Elles arrivèrent à Cabourg en début de soirée. Elles prirent une chambre au Grand Hôtel. Poupette ne descendait jamais dans des endroits secondaires. Elle préférait encore camper. C'était d'ailleurs Paul-Emile Victor, le célèbre explorateur, qui, en 1927, lui avait appris à monter une tente.

Dès que le garçon d'étage fut sorti, Vic se précipita sur le téléphone et composa le numéro de la maison des parents de Mathieu. Elle tendit l'écouteur à Poupette qui ne se fit pas prier pour le coller contre son oreille. Ce fut une dame à la voix assurée, sans doute la mère de Mathieu, qui répondit. Vic demanda à parler à Mathieu. La femme dit qu'elle le lui passait tout de suite. Vic posa sa main sur le récepteur :

— Oh, il est là ! Il est là ! Qu'est-ce que je dis ?... Allô ? Mathieu ? C'est moi, Vic.

— Où es-tu ? demanda le garçon.

Sa vois était plus nasale que d'habitude. Il se moucha. « Enrhumé », pensa Poupette. Ce n'était pas un bon début.

— A Cabourg, répondit Vic.

— Ah bon ! Avec qui ?...

— Avec personne. J'ai fait une fugue.

Poupette fit les yeux ronds et réprima l'envie d'interrompre la communication. Vic exagérait ! Elle la soupçonna de désirer mettre Mathieu le plus mal à l'aise possible vis-à-vis d'elle, pour se venger de ces quelques semaines de séparation.

— Quoi ? s'exclama le garçon. Et tu es venue comment !

— En stop, je t'expliquerai... Je peux te voir ?

— Ouais... Où tu vas coucher ?

— Je ne sais pas..., dit Vic, dépassée. Où tu veux...

Poupette secoua la tête avec un désespoir évident.

A l'autre bout du fil, Mathieu éternua.

— J'ai un de ces rhumes. Bon... dans une heure, devant le casino.

— Je t'embrasse, dit Vic.

Elle raccrocha. Poupette la regarda sans aménité :

— Alors là, alors là, c'est vraiment... Mais qu'est-ce qui t'a pris ? Et la « copine de Deauville »? L'« arrière-grand-mère », ça fait moche, c'est vrai, mais la « copine de Deauville », c'était parfait !

— Tu m'as dit : « Je te donne le libre... », le libre quoi, déjà ?

— Le libre arbitre... mais pas pour lui gâcher ses vacances !

— Pourquoi : lui gâcher ses vacances ?

— Tu t'offres, tu arrives : « Me voilà ! » C'est déjà... Bon. Mais alors, en plus, une femme qui s'offre, ça doit être un cadeau, pas une source d'emmerdements !

— S'il m'aime, il peut bien...

— Alors là, ma petite vieille, jamais ! Tu t'assumes, tu te donnes, tu te reprends, c'est ça l'indépendance ! Les échanges standards, minable !

Vic encaissa le coup. Elle se mit à fouiller dans son sac et à se demander ce qu'elle mettrait pour aller voir Mathieu. C'était toujours le même problème. Mais, en réalité, elle se demandait surtout ce qu'ils allaient dire, et ce qu'ils allaient *faire*.

Elle se tourna vers son arrière-grand-mère :

— Tu as peur que je couche avec lui, hein ?

— Il ne manquerait plus que ça ! Attention, hein ! A quatorze ans, il y a des enfants qui ont des enfants.

— Alors, qu'est-ce que je fais ? Tu ne vas pas me laisser tomber ?

— Est-ce que c'est dans mes habitudes, de te laisser tomber ? La première chose à faire, c'est de...

— Réfléchir.

— Exactement. Réfléchissons.

Elles s'assirent sur le lit, prirent un air sombre, la tête dans leurs mains, mais elles ne tardèrent pas à éclater de rire et à tomber dans les bras l'une de l'autre.

Une heure plus tard, Poupette déposait Vic à une centaine de mètres du casino. Il y avait encore eu des pleurs et des grincements de dents pendant l'habillage, mais, en prévision de la nuit dont elle ne savait pas encore où elle la passerait, sur le sable, dans une chambre ou sous une tente, Vic s'était habillée « sport ». Mathieu l'attendait comme convenu devant le casino. Ils s'embrassèrent, puis firent quelques pas. Tout était beaucoup plus simple que Vic ne l'avait imaginé. Mathieu parlait mais elle n'avait pas envie de lui répondre, ni même de l'écouter. Elle regardait, et regardait Cabourg autour d'eux, la mer, le ciel. Elle avait *gagné*. Elle le savait. Elle savait qu'elle gagnerait toujours. Il y avait en elle une force contre laquelle personne ne pourrait jamais rien. Vic serrait le bras de Mathieu, frottait pensivement sa joue contre l'épaule du garçon.

— On va danser ? proposa celui-ci.

— Génial !

La voiture de Poupette les suivait de loin. Quand les deux adolescents franchirent la porte de la boîte de nuit, que gardait un cerbère moustachu et bedonnant, la vieille dame se gara, coupa le contact, sortit de la voiture, ferma sa portière à clé. Puis, elle se dirigea calmement vers l'entrée et appuya sur la sonnerie. La porte s'ouvrit. Le cerbère eut un large sourire :

— On vient faire la fête, ma p'tite dame ?

— Non, dit Poupette, avec un sérieux confondant. Je viens arroser mon veuvage.

Il était clair que le cerbère se demandait si c'était du lard ou du cochon. Il s'écarta pour laisser le passage à Poupette, qui déposa dignement son manteau au vestiaire. Celui-ci était tenu par une jeune fille bonde aux yeux pâles et au nez trop long.

Poupette s'installa à une table isolée et commanda une coupe de champagne qu'elle sirota en observant Vic et Mathieu alterner rocks et slows. Ils dansaient aussi bien l'un que l'autre, Vic avec un peu plus de grâce, Mathieu avec un peu plus d'énergie (surtout pendant les rocks). Poupette était surprise de constater à quel point ces deux adolescents prenaient leur amusement au sérieux, et contente de les voir s'embrasser, quand cela arrivait.

Mathieu était tout de même un peu handicapé par son rhume. Il éternuait au moins deux ou trois fois par morceau. Ça cassait le rythme.

Les deux jeunes gens quittèrent la piste pour revenir à leur table. Ils passèrent devant un groupe de garçons et de filles. Mathieu distribua des poignées de main aux garçons et des bises aux filles. Il leur présenta Vic. Il y eut des clins d'œil, des coups de coude dans les côtes. Vic se demandait avec laquelle de ces filles Mathieu avait déjà pu sortir. Elle pensa avec satisfaction qu'elles devaient toutes la haïr. Elle, elle les aimait bien. Au premier regard, elle les trouvait sympas. Un peu « province », mais sympas.

Ils rejoignirent enfin leur table, s'assirent chacun au bord d'un pouf et avalèrent leur coca avec une hâte de chameau qui arrive au bout de sa provision d'eau. Puis, repensant à Lydia (elle n'était pas près de l'oublier), Vic demanda :

— C'est toi qui l'as plaquée, ou c'est elle ?

— Ça ne s'est pas passé comme ça, dit Mathieu, un peu gêné. Lydia, c'était...

— Jusqu'où es-tu allé avec elle ?

— On ne pourrait pas parler d'autre chose ?

— Tu ne veux pas me le dire ?

— Ça n'a aucun intérêt.

— *Moi,* ça m'intéresse.

Un garçon, assis à une table voisine, se leva et s'approcha de Vic. Il dit à Vic, avec une émotion qu'il avait beaucoup de mal à dissimuler :

— Tu danses ?

Vic était prête à accepter, ne serait-ce que pour bien faire comprendre à Mathieu qu'il était toujours préférable de répondre aux questions qu'elle posait, mais ce dernier lui prit la main et dit, avec une dureté inutile, car le garçon était déjà tout tremblant :

— Non, elle ne danse pas.

Puis, il se leva et entraîna Vic vers la sortie. La jeune fille, à la fois ravie et affolée, la tête traversée de mille pensées, notamment celle que s'ils allaient sur la plage ça n'arrangerait pas le rhume de Mathieu, demanda :

— Où on va ?

Mathieu sortit une clé de poche.

— Là, dit-il.

Vic jeta à Poupette un regard mi-résigné, mi-implorant,

puis se laissa entraîner vers son destin par un Mathieu si déterminé qu'il en oubliait d'éternuer. Ils montèrent sur la mobylette, filèrent le long des rues désertes de Cabourg. On entendait la mer, mais on ne la voyait pas. Elle était trop loin. Vic se laissait bercer par le bruit du ressac mêlé à celui du moteur. Elle s'accrochait à la taille du garçon. D'une certaine façon, elle souhaitait que la mobylette ne s'arrêtât jamais. Quand elle s'arrêterait, cela signifierait qu'il faudrait à présent faire tout un tas de choses bizarres et compliquées. Vic désirait ces choses-là mais elle en avait peur aussi. Elle avait la certitude qu'elle se débrouillerait beaucoup moins bien que Lydia. Lydia devait faire ces choses-là avec un maximum de décontraction. Enlever son tee-shirt devant un type, dégrafer son soutien-gorge, ôter ses bottes, tout ça ne devait lui poser aucun problème de coordination. Et puis le reste... En ce qui concerne le reste, Vic comptait beaucoup sur Mathieu. D'un autre côté, ça l'énervait à l'avance de profiter d'une expérience qu'il devait à Lydia.

Mathieu ralentit, arrêta la mobylette. Vic mit pied à terre. Mathieu se pencha pour glisser l'antivol entre les rayons, puis les deux jeunes gens descendirent sur la plage. Ils coururent jusqu'à la cabine de bain n° 108. Vic hésitait à trouver ça sublime ou sordide. « Est-ce qu'on peut se coucher dans une cabine de bain » se demanda-t-elle. Elle craignait que cela ne sentît la vieille crevette, là-dedans.

— Voilà, dit Mathieu, tout bas. Tu seras très bien.

— Vous louez à l'année ? dit Vic, pour dire quelque chose.

— Chut !

— Quoi ? Il n'y a personne.

— Il peut y avoir des ro... rô... deurs... ah... tchoum !

— Commence par éternuer moins fort, alors !

Ils entrèrent dans la cabine où l'obscurité était totale. Mathieu s'accroupit. Vic resta debout, adossée à la cloison. Elle avait envie et pas envie, peur et pas peur. Ça devenait très compliqué. Cette cabine où l'on ne pouvait pas bouger sans faire tomber une épuisette ou des cirés de marin n'arrangeait rien. Vic entendit Mathieu souffler dans quelque chose.

— Qu'est-ce que tu fais ?

— Je gonfle le matelas.

Il souffla encore, puis éternua. Il se remit à souffler. Enfin, le matelas fut gonflé. Mathieu le recouvrit de serviettes de bain. Ça ne devait pas être bien joli à voir. Au fond, c'était une chance qu'il n'y eût pas de lumière.

Mathieu tendit ensuite un ciré à Vic :

— Tiens, mets ça.

— Je n'ai pas froid.

— Bon, fit Mathieu, embarrassé.

Il remit le ciré à sa place et demanda :

— Tes parents, tu ne m'as pas dit, qu'est-ce qui s'est passé ?

— Rien. Pourquoi ?

— Ben alors...

— Tu ne comprends pas, dit Vic. Ce n'est pas à cause d'eux que je suis partie... C'est pour toi.

— Mais... t'es folle ?

« Folle de toi », pensa Vic. Mais elle ne le dit pas. Elle trouvait ça trop « con ». Elle attendit que Mathieu dise quelque chose. Il fit mieux que ça. Il la coucha doucement, tendrement, sur le matelas pneumatique. « Je vais faire l'amour sur des serviettes de bain », pensa Vic. Ça n'allait pas être facile. Faudrait-il se déshabiller complètement ? Et puis les serviettes de bain partiraient dans tous les sens. Il y en avait déjà une qui était tombée par terre. Et puis faire l'amour, qu'est-ce que c'est vraiment ? Quelle tête avait-on à ce moment-là. Est-ce qu'il fallait parler ? Est-ce qu'on avait *envie* de parler ? Et le plaisir, ça se présentait comment ? Est-ce que ça avait une *couleur*, par exemple ? Est-ce qu'on *voyait* quelque chose ?

Tout à coup, Mathieu se dressa et prit sa respiration.

— Qu'est-ce que tu as ? demanda Vic.

— Je ne peux pas respirer avec le nez.

Vic rit, Mathieu aussi, puis ils recommencèrent leurs baisers. Quelque chose de dur piqua le dos de Vic. Un râteau ! Mathieu le repoussa de la main.

Il la serra. Ils restèrent ainsi, immobiles, pensifs. Puis, Vic demanda :

— Tu as passé toute une nuit avec Lydia ?

— Non.

Elle sourit.

— C'est bien que tu sois là, dit Mathieu.

— Dans tes bras, toute la nuit, comme ça... C'est exactement ce que je... Enfin, ça valait le détour... Je veux dire : le voyage.

Il y eut un long silence, au bout duquel Mathieu regarda sa montre, dont les aiguilles était phosphorescentes :

— Oh, dis donc, il est trois heures !

— Tu ne vas pas me laisser ? fit Vic, horrifiée.

— Ben... moi, je travaille, demain matin. Je t'ai dit, je fais un stage chez un ami de mon père.

— Et alors ?

— Ben alors, je commence à six heures. Et puis, il y a ma mère...

— Tu me parles de ta mère alors que moi..., dit Vic, perfidement, car elle savait fort bien que sa mère, la croyant à Bruges avec Poupette, n'avait aucune raison de s'inquiéter.

— Tu ferais mieux d'appeler la tienne, dit Mathieu, sur le ton que prenait parfois François pour conseiller à Vic de ranger ses chaussures.

La colère de Vic montait :

— Alors j'ai fait tout ça... J'ai fait du stop, j'ai pris tous les risques... Tout ça pour me retrouver dans une cabane qui pue le poisson pourri, avec un matelas et un mec aussi dégonflés l'un que l'autre !

— Tu débarques... comme ça. En plus, demain, tu verras, les flics vont te chercher...

— Je peux compter sur toi pour me défendre ! dit Vic, furieuse.

— Je ne t'ai pas demandé de venir, répliqua Mathieu, avec une fureur au moins aussi grande.

— Va-t-en ! explosa Vic. Je ne veux plus te voir ! Je me

débrouillerai, je n'ai pas peur. Je suis venue jusqu'ici toute seule !... Alors, tu penses...

Elle poussa Mathieu vers la sortie. Le garçon se débattit :

— Eh, ho... T'as fait Paris-Cabourg en stop... Te prends pas pour Lindbergh !

— Vite ! Vite ! Ta maman va s'inquiéter !

Mathieu se retrouva sur le sable. Il n'aurait jamais cru que Vic eût tant de force dans les bras. Il haussa les épaules, se dirigea vers sa mobylette qu'il enfourcha. Il parcourut cinq cents mètres environ, puis fit demi-tour. Il abandonna la mobylette sur le remblai, sans même prendre le temps de fixer l'antivol. Il sentait bien que chaque seconde comptait. Il courut jusqu'à la cabine 108, appela Vic. Il n'obtint pas de réponse. Il appuya sur la porte. Elle s'ouvrit toute seule. Il entra dans la cabine. Elle était vide. Il eut l'impression d'avoir commis un crime. Mais un *vrai* crime. L'impression d'avoir tué quelqu'un.

Au même instant, Vic commençait d'apercevoir la façade du Grand Hôtel. C'était là, selon Poupette, qu'un fameux écrivain français avait puisé la majeure partie de son inspiration. Vic ne se souvenait plus de son nom. C'était un nom bizarre, un nom qui faisait sale. Ah ! oui : Proust.

Vic était à la fois désemparée et exaspérée. Elle ne répondit pas au salut du gardien de nuit. Elle ne prit pas l'ascenseur, se disant que monter à pied trois étages calmerait peut-être ses nerfs, ou son chagrin, ou même les deux. Mais ça ne calma rien du tout. Il eût fallu au moins cinquante étages pour apaiser la jeune fille.

Il y avait de la lumière sous la porte de la chambre de Poupette. Vic entra sans frapper. Son arrière-grand-mère était couchée et lisait un album de bandes dessinées signé Françoise Berreton.

— Tu ne dors pas ? demanda Vic.

— Tu vois, dit Poupette.

Elle tourna une page en ajoutant :

— C'est bien, ce que fait ta mère...

Il y eut un silence. Vic s'assit sur le lit :

— Alors, tu ne me demandes pas ?

— Non, mais j'en crève.

— D'abord, sois tranquille : rien !

Poupette referma l'album. Elle tapota doucement l'épaule de Vic. La jeune fille demanda, la gorge serrée :

— Et toi, qu'est-ce que tu as fait ?

— J'ai perdu au baccara, dit Poupette, mais je crois que j'ai gagné un coup de poker...

Elle avait parlé bas, comme pour elle-même. Vic n'entendit pas bien la phrase, et ne la comprit pas du tout.

— Je vais me coucher, dit-elle en se levant. Je suis crevée.

— Ne sois pas triste.

— Je suis crevée, pas triste ! protesta la jeune fille.

Et, à ce moment, c'était presque vrai. Elle en était à ce stade de fatigue où une alerte atomique ne nous détournerait pas du chemin de notre lit. Elle se déshabilla très vite. Ses affaires sentaient le tabac et le poisson. Ça la dégoûta un peu. Il y avait du sable dans ses chaussures. Elle ne prit pas la peine d'enfiler sa chemise de nuit.

Peut-être que tout au fond d'elle-même elle était plutôt contente de cette soirée. Elle avait prouvé quelque chose sans avoir été atteinte par qui que ce soit. Elle sortait de cette aventure plus forte et intacte. En tout cas, cette nuit-là, elle fit de très beaux rêves.

Elle ne l'avait pas fait exprès. Elle avait toujours voulu un autre enfant, mais elle eût préféré que ce ne fût pas pendant une crise de cette importance entre François et elle. Elle avait longuement réfléchi à la façon dont elle apprendrait la nouvelle à son mari. Elle ne voulait pas lui téléphoner dans ce petit studio du douzième arrondissement que lui prêtait un copain. Le téléphone, c'était fait pour les pages de Guibert et les boums de Vic, pas pour ça. Et puis, un matin, en prenant un petit déjeuner au café du coin, elle n'avait même plus le temps de s'en préparer un à la maison, elle trouva. C'était simple. Elle ferait comme la première fois, comme pour Vic. Ce n'était pas très original, mais ça aurait le mérite de signifier clairement que tout reprenait comme avant. Elle essaierait d'oublier ce qui s'était passé avec Vanessa... et les autres, toutes les autres. Il y en avait eu pas mal, en fait. Françoise compta sur ses doigts. Eh oui, une bonne demi-douzaine ! Sans compter celles dont elle n'avait jamais entendu parler. A combien de réunions de travail, de congrès, de séminaires François était-il allé depuis qu'ils se connaissaient ? Françoise renonça à faire le compte. Elle haussa les épaules. Elle n'avait pas épousé un homme fidèle, c'était un fait. Mais de cet homme qui n'était pas fidèle, elle avait eu un enfant et elle en attendait un second. C'était un autre fait, aussi irréfutable que le premier. Il y avait un troisième point qu'il ne fallait pas négliger : elle aimait cet homme. Elle le trouvait beau, drôle, vif, solide, inventif. Elle n'avait jamais trouvé mieux (il faut dire qu'elle n'avait jamais vraiment cherché).

Elle sortit du café, se rendit en voiture dans le douzième arrondissement. Elle monta au studio de François. La clé était sous le paillasson. Françoise ouvrit la porte, sourit en voyant quel ordre parfait son mari, qu'elle avait toujours jugé un peu maniaque sur ce plan, faisait régner dans le studio. Elle sortit une feuille de son carton à dessin et mit exactement deux minutes et treize secondes à faire une caricature de Françoise Beretton enceinte jusqu'aux dents. Cette caricature, elle l'avait faite treize ans plus tôt, mais sur le grand tableau de l'amphi n° 4 !

Elle reboucha son stylo feutre et sortit. François l'appela à onze heures trente, au journal. Il l'invita à dîner chez Corinto, l'« Italien » chez qui ils avaient leurs habitudes depuis bientôt quinze ans. Françoise accepta et se remit au travail. Le soir, elle arriva la première au restaurant. Elle embrassa Corinto, qui lui demanda si ça « s'arrangeait » avec François. Corinto était un Italien efflanqué, ce qui est une gageure aussi bien pour un Italien que pour un patron de restaurant. Il adorait Françoise, d'une part parce qu'elle était blonde, d'autre part parce qu'elle était gentille. Il aurait bien voulu l'avoir pour épouse, fille... ou maman. Ses maîtresses, il les prenait plutôt petites, noiraudes et nerveuses. Avec lui, Françoise ne courait aucun risque.

La jeune femme dit qu'avec François la tendance était à l'amélioration des rapports, s'installa à une table, la meilleure, ni trop près ni trop loin de la porte d'entrée, et attendit François en sirotant le cocktail maison. Combien de fois son mari et elle s'étaient-ils retrouvés ici ? Après combien de querelles et combien de serments ? Françoise n'avait pas l'impression d'avoir vieilli, mais celle d'avoir beaucoup vécu. Au fond, elle était assez satisfaite du résultat.

François entra dans le restaurant. Corinto l'accueillit avec effusion, et le débarrassa de son imperméable. François s'approcha de son épouse, eut un petit sourire en coin, un sourire qui inquiéta tout de suite Françoise.

— Bonsoir, dit-il, après l'avoir très brièvement embrassée sur les lèvres. Tiens...

Il lui tendit un paquet et s'assit en face d'elle.

— Qu'est-ce que c'est ? demanda Françoise.

— Regarde.

Elle défit le paquet d'où elle sortit deux petits chaussons en laine, l'un bleu, l'autre rose.

— Ce que c'est mignon ! s'exclama-t-elle.

— Le prof n'est pas venu ?

— Eric ? fit Françoise changeant d'expression. Mais pourquoi ?

— Ben...

François était de plus en plus pâle. Il avait son visage des mauvais jours, son visage des jours de catastrophe. Son regard était à la fois intense et fuyant, ça dépendait des secondes. Ce fut en tremblant à moitié qu'il sortit le dessin de Françoise de sa poche et qu'il le jeta sur la table :

— Je pensais que tu lui avais envoyé une photocopie... Après tout...

— Arrête, François, je sens que tu vas dire des choses affreuses...

— Je suis très ouvert. Pour un enfant, deux papas, ce n'est pas plus mal. Regarde le petit Jésus...

Françoise se leva. Aveuglée par les larmes, elle se précipita vers la sortie, tandis que François examinait la carte avec une attention désespérée.

— Encore en retard, mademoiselle Berreton !
— Excusez-moi, monsieur.
— La prochaine fois, je ne vous accepte pas au cours, avertit le professeur de chimie.
Après quoi, il prit l'éponge et effaça du tableau le graffiti suivant : « Si l'envie de travailler te prend, couche-toi. Ça passera ».
Vic rejoignit Pénélope qui, vêtue d'une blouse blanche, s'escrimait déjà avec les éprouvettes.
— Alors ? demanda-t-elle.
— Je suis encore tombée sur sa mère, dit Vic.
Elle sortit sa blouse de son sac de surplus américain et l'enfila en vitesse.
— Tu as raccroché ? demanda Pénélope.
— Non. J'ai dit que j'étais toi... Il est toujours malade.
— Tu crois que c'est vrai ?
— Ben, à Cabourg, il était mal fichu... Oh, tu crois qu'il va venir ?
— S'il est contagieux, vaut mieux pas.
— Ma boum sans lui, c'est même pas la peine !
— Tout le monde vient, ça va être génial !
— Je m'en fous de tout le monde. C'est lui que je veux !
Vic mélangea les liquides dans les éprouvettes avec indifférence. Les résultats obtenus la laissèrent perplexe. Elle les décrivit le plus sobrement possible. A la fin de l'heure, elle

tendit sa copie au professeur, qui la parcourut du regard, puis haussa les épaules. Mais Vic ne vit rien de tout cela, elle était déjà sortie de la classe, dévalait l'escalier. Dans le bus, elle ne regarda personne. Cela aurait dérangé sa rêverie. Elle imaginait que Mathieu, bel et bien guéri, faisait son apparition à la boum, tout de cuir vêtu, s'approchait de la jeune fille et lui disait, de cette voix chaude et pénétrante qui mettait des frissons jusque dans les genoux de Vic : « J'ai acheté la 125, tu viens faire un tour ? » Elle ne se ferait pas prier. Un petit geste désinvolte à Pénélope. Les copines sont là pour vous voir gagner. Il est bon, aussi, qu'elles sachent bien saliver quand vous leur racontez votre victoire.

Vic descendit du bus. Devant son immeuble, il y avait un camion de déménagement. Un nouvel arrivant ? Elle pensa fugitivement que ce serait un sacré coup de chance si les parents de Mathieu décidaient de venir habiter dans le même immeuble que les Berreton. Le matin, Mathieu sonnerait à la porte pour emmener Vic au lycée (sur la 125 dont il est question plus haut). Françoise lui offrirait un café. Ce serait agréable pour elle, de voir à nouveau un homme dans la maison. Du moins les choses, pour Vic, se présentaient-elles, de cette façon.

Il apparut assez rapidement à Vic que le déménagement avait lieu... chez elle ! Arrivée devant la porte d'entrée de l'appartement, elle n'en crut pas ses yeux. Ce n'était pas un déménagement, mais un emménagement ! Des trucs pas possibles trônaient au milieu du salon : un éclairage avec colonne, un compresseur automatique... Vic ne voyait pas comment elle pourrait faire une boum là-dedans !

— Qu'est-ce que c'est que tout ça ? demanda-t-elle, horrifiée, à sa mère, qui vérifiait avec l'un des livreurs que tout était bien arrivé.

— Un cabinet dentaire ! dit Françoise, furieuse. C'est le matériel en leasing, pour ton père...

— Mais, ma boum, demain ! fit Vic, complètement affolée. Je ne peux pas faire une boum dans un cabinet dentaire !

Françoise eut un geste d'impuissance, puis regarda sa montre :

— Je passe au journal, on boucle ce soir. Je reviens dans une heure, on trouvera une solution, je te le jure !

Le téléphone sonna, Vic se rua dans sa chambre. Ce fut à ce moment que François, sortant de l'ascenseur, parut sur le palier.

— Il faut qu'on parle, dit-il aussitôt à Françoise.

— Je n'ai rien à te dire.

— Ecoute-moi, je t'en prie ! Hier soir, j'ai...

— Ne parlons plus d'hier soir. Aujourd'hui, tout est changé.

— Qu'est-ce qui est changé ?

Ils s'écartèrent pour laisser passer les livreurs.

— Qu'est-ce qui est changé ? fit de nouveau François.

— Hier soir, je n'avais pas d'amant ! Aujourd'hui, j'en ai un, voilà ce qui est changé !

— C'est qui ?

— Celui dont tu parlais chez Corinto... Celui-là... Maintenant, laisse-moi, je vais être en retard.

Elle appela l'ascenseur.

— Comme ça ? fit François. Hier soir ?

— Je te signale que ta fille... tu sais, celle que tu as reconnue il y a quatorze ans, fait une boum demain pour son anniversaire, une boum dont elle se réjouit depuis des mois et que ton... déménagement...

François attrapa avec violence le bras de sa femme. Il dit d'une voix sourde :

— Ne gâche pas tout, je t'en supplie !

— C'est toi qui as tout gâché !

Les portes de la cabine s'ouvrirent. Françoise fit un pas en avant, se retourna et dit à son mari :

— Je ne voudrais pas te voir là, à mon retour. Ni toi, ni ton fichu matériel...

— Comment veux-tu... ?

Françoise ne le laissa pas achever sa phrase. Les portes de l'ascenseur se refermèrent. François, après un moment d'hésitation, pénétra dans l'appartement.

— Ouf ! fit un des livreurs, en déposant le dernier colis.

Il sortit un mouchoir de sa poche et s'essuya le front.

— C'est fini, dit-il.

— Je vous sers à boire ?

— Pas de refus !

François se dirigea vers la cuisine. Il réfléchissait à la manière dont il annoncerait aux livreurs qu'il leur faudrait remporter tous les colis et les déposer au garde-meuble. Ce n'était pas facile. Peut-être qu'après quelques bières, ça se passerait mieux...

Dans la cuisine, Vic se servait un coca.

— Ça va ? demanda François machinalement.

— Non !

— Ne t'inquiète pas pour le matériel, je vais arranger ça...

— Ah... merci. Enfin, ça ne résout pas le problème de Pénélope.

— Pénélope ?

— Ma copine de classe. Jc t'en ai parlé au moins cent fois !

— Et c'est quoi son problème ?

— Elle a la varicelle !

En fin de compte, François n'eut pas à demander aux livreurs d'emporter les colis au garde-meuble. Poupette arriva sur ces entrefaites, examina la situation avec le sang-froid qui lui était coutumier, conclut qu'il n'y avait pas de quoi s'affoler : la boum aurait lieu chez elle. Vic lui sauta au cou, l'embrassa avec une fougue telle qu'elle fit s'envoler un peu de poudre de riz. Puis, la jeune fille s'inquiéta :

— Mais les harpes ?

— Ça, fit Poupette, pas question de les laisser au milieu de la piste !

Puis, elle dit qu'elle trouverait bien un moyen de protéger tout ce qui mériterait de l'être.

Ce fut donc chez Poupette que, le lendemain soir, se retrouvèrent Géraldine, Stéphanie, Jean-Pierre, Arnaud, Samantha et quelques autres. Vic avait demandé aux premiers de venir avant les autres, afin de l'aider à mettre l'appartement en état. Samantha apporta une aide précieuse. Elle finit même par diriger à peu près toutes les opérations. Elle compensait sa petite taille par une haute autorité. A tout le monde, elle annonçait, avec un plaisir qu'elle ne cherchait nullement à dissimuler : « Pénélope ne viendra pas parce qu'elle est dé-fi-gu-rée ».

— Ça suffit, dit Vic, quand deux plats furent pleins. Personne ne bouffera. Il faut surtout les coca...

— Géraldine a apporté les tartes ? demanda Françoise en ôtant son tablier.

— T'inquiète pas ! Faut que tu y ailles, non ?...

— J'ai encore le temps.

— Oui, mais eux, ils arrivent bientôt, alors...

Françoise eut un petit sourire, l'air de dire : « Ça va, je connais la chanson ». Elle attrapa sa veste, l'enfila. Devant la mine vaguement songeuse de sa fille, elle dit ;

— « Il » viendra.

— Tu crois ?

Françoise eut un sourire plus appuyé, plus maternel. Elle embrassa sa fille sur les joues et sortit.

Vers vingt et une heures, l'appartement de Poupette était transformé en une véritable boîte de nuit. Les poteries, les bouquets et les napperons étaient stockés dans la salle de bains, ce qui n'arrangeait pas les danseurs et les danseuses qui désiraient se rafraîchir le visage. Il leur fallait beaucoup de volonté pour atteindre les robinets. La bande était là au complet, à l'exception de Pénélope et de Mathieu. Vic attendait. Elle disait : « Bonsoir », « C'est gentil d'être venus », « Pas de doute, tu es mieux sans ton appareil ». Elle souriait, embrassait, riait, dansait. Elle faisait tout ça sans presque quitter la porte des yeux. Mathieu viendrait-il ? C'était la grande question. Elle torturait Vic. La jeune fille, bien que n'ayant à peu près rien mangé au déjeuner, était incapable d'avaler quoi que ce soit, à part de grands verres de coca. « Mais ce qui est terrible avec le coca, pensait-elle, c'est qu'on a à peine commencé de le boire qu'on n'en a plus, quelle que soit du reste la grandeur du verre ».

Un moment, Raoul s'approcha d'elle et lui dit à l'oreille :

— Laisse tomber : il ne viendra pas !

— De qui parles-tu ? répliqua aussitôt Vic, l'air sincèrement étonné.

— Tu le sais très bien.

— Comprends pas.

On sonna à la porte.

— Tu m'excuses, dit-elle.

Elle courut vers la porte, mais Samantha l'avait devancée.

— Pénélope ! hurla la petite fille, incrédule.

La meilleure amie de Vic fit son entrée. Sur chaque bouton de varicelle, elle avait collé des paillettes bleues, vertes ou roses.

— Génial, non ? faisait-elle à la ronde, radieuse.

On hochait la tête, mais personne ne trouvait ça très ragoûtant. Quant à Samantha, elle trouvait même ça franchement à vomir.

Vic, lasse d'attendre Mathieu en vain, monta l'escalier intérieur qui conduisait à la chambre de son arrière-grand-mère. Elle poussa la porte. Poupette était devant sa coiffeuse, magnifiquement habillée, magnifiquement maquillée.

— Tu sors ? demanda Vic.

— Je dîne avec Jean-Louis, dit Poupette, en se mettant du rimmel. Sa femme est en cure à Evian... Il n'est pas venu, hein ?

Vic fit non de la tête, avec une expression de chanteuse des rues qui rentre chez elle avec la voix cassée et quarante centimes en poche. Poupette lui prit la main et la regarda intensément :

— Ah non ! Victime, non ! Tu es une gagnante, ma petite. Ne l'oublie pas !

— Auff...

— La fille de Napoléon et de la Belle Otéro, tu vois ce que je veux dire ?

— Oui, dit Vic, qui retrouva son sourire.

Elle redescendit peu après et aperçut Mathieu. C'était comme s'il avait choisi *exprès* le moment où elle ne l'attendait pas ? Vic commença par détourner la tête, les yeux, enfin tout ce qu'il est possible de détourner dans ces cas-là, mais au bout de deux minutes elle ne résista plus au désir qu'elle avait d'envelopper le garçon dans un regard qui lui sortit des yeux pour se dérouler dans l'atmosphère à la manière d'un serpentin. Mathieu comprit ce qu'il signifiait. En fait, seul un aveugle un peu sourd et complètement crétin ne l'aurait pas compris.

Il vint vers Vic.

— Bon anniversaire, dit-il.

— Merci d'être venu.
— Tu danses ?
— Si tu veux...

Ils dansèrent. Ils s'embrassèrent. Vic fermait les yeux. Puis elle les rouvrit. Elle voulait voir ce qui se passait autour d'elle. En fait, elle était un peu inquiète de la façon dont les danseurs et les danseuses traitaient l'appartement de Poupette. Tout se passait bien.

Samantha, qui faisait office de cerbère après avoir choisi avec le plus grand soin le programme musical, laissa entrer plusieurs garçons et filles visiblement plus âgés que les garçons et les filles déjà présents. Vic se demanda avec terreur si ça n'allait pas se passer de la même manière que lors de la première boum chez Raoul, s'ils n'allaient pas décréter que c'était « nul » et partir vers des horizons plus prestigieux. Rien de tel ne se produisit. Ils burent, rirent, dansèrent, embrassèrent — comme tout le monde. Vic était folle de joie. C'était ré-u-ssi. Il y avait les gens de la classe, les gens des autres classes. Il y avait Mathieu. Tout le monde paraissait s'amuser. Elle se demandait ce qui lui faisait le plus plaisir, la réussite de la boum ou la présence de Mathieu. Mais c'était vrai que les deux étaient inextricablement liés.

La musique s'arrêta. Mathieu alla discuter avec Raoul. Vic but un verre de coca. La musique reprit. La jeune fille se retrouva dans les bras de quelqu'un, sans avoir dit oui, ni non, d'ailleurs. Quelqu'un de blond, de grand, et qui s'appelait Marc.

Le taxi est une grosse Mercédès noire. Sur le siège avant, à côté du chauffeur, il y a un corniaud. Il appuie le museau sur le dossier et observe Françoise. Il a des yeux intelligents, comme la plupart des corniauds.

Françoise est songeuse. Elle a rendez-vous avec Eric dans un bar de Montparnasse, le seul quartier de Paris où l'on peut encore boire un verre après dix heures du soir sans devenir sourd à force d'entendre les cris de ses voisins de comptoir. Elle n'a pas envie d'y aller. Elle n'a pas davantage envie de rentrer chez elle et de s'installer devant sa table à dessin avec un sandwich au gruyère et une bière sans alcool. L'idéal, ce serait de rajeunir d'une vingtaine d'années, d'enfiler un blue-jean et d'aller à la boum organisée ce soir par Vic Berreton !

Mais au fond, Françoise se demande si c'est bien ça, l'idéal. Quatorze ans, ce n'est pas un âge qu'on peut avoir deux fois. On ne tiendrait pas le choc.

La Mercédès s'engage dans la rue où se trouve Corinto. Cela donne une idée à Françoise. Elle sacrifie Eric à une bonne platée de spaghetti et à la gaieté communicative de Corinto.

En entrant dans le restaurant, elle s'aperçoit que François a eu la même idée qu'elle. Corinto observe le couple Berreton avec une certaine appréhension. Il s'approche à pas prudents, s'assure que de part et d'autre on semble avoir renoncé provisoirement à la violence, et dit :

— Bon, cé soir, vous restez, hein ? Pas de blagues !

François se lève, invite Françoise à s'asseoir et, comme si de rien n'était, le mari et la femme commandent deux soupes Pavese, des spaghetti alle vongole, une assiette de jambon de Parme et des scampi fritti.

Corinto leur offre une bouteille de son meilleur champagne, car il devine qu'ils ont quelque chose à fêter.

2.

Quinze ans et deux mois

Si elle se plaçait d'un point de vue purement esthétique, Vic ne pouvait nier qu'elle avait beaucoup aimé la Bavière. Les Schmidt habitaient en pleine nature. On pouvait se promener pendant des heures sans rencontrer âme qui vive — sauf si on prenait la direction du village, évidemment. Mais alors, à part les promenades, le chant des oiseaux et la vue superbe que l'on avait de toutes les fenêtres du chalet, cette Bavière, qu'est-ce que ça pouvait être pénible ! D'abord, Vic ne rencontrait personne de son âge. Le fils Schmidt avait dix-huit ans, mais trop de boutons. Il sentait le foin. Quant aux rares adolescents avec lesquels elle lia connaissance, ils paraissaient tellement abrutis que si elle avait parlé d'une éventuelle « boum », ils eussent sans doute aussitôt filé chez eux pour en revenir les bras chargés d'explosifs. Mme Schmidt, fermière robuste et souriante, était souvent en train de remettre un peu d'ordre dans la chambre de Vic, ce qui exaspérait la jeune fille, car ça lui rappelait son père. Mme Schmidt passait également beaucoup de temps à proposer à la petite Française diverses sortes de saucisses. Vic grossissait, non pas à cause des saucisses, qu'elle refusait presque toujours, mais à cause des pâtisseries que préparait la même Mme Schmidt, et qui étaient à perdre la tête. La spécialité de la maison était la tarte aux prunes *(Datschi)*. Vic en emportait une ou deux parts le soir dans sa chambre, il fallait bien ça pour arriver au bout de *l'Education sentimentale* ! Elle lisait ce gros livre sur les conseils de sa mère. Parfois, il lui arrivait d'en pleurer, tellement c'était difficile. Mais elle n'allait tout de même pas se plonger dans des livres en allemand ! Sa mère aurait été *trop contente*.

Bref, ce fut avec une joie presque hystérique — Mme Schmidt en fut même un peu vexée, et pendant quelques jours délaissa sa planche à pâtisserie — que Vic accepta la proposition de Poupette de la rejoindre à Salzbourg, où la vieille dame était venue écouter quelques-uns de ses élèves. Il fallait néanmoins un motif sérieux pour abandonner plus tôt que prévu les Schmidt à leur destin. Vic raccrocha le téléphone, entra dans la cuisine, et dit, en allemand de cuisine, précisément, que son oncle était en train de mourir. Mme Schmidt demanda, sans regarder la jeune fille, si c'était cela qui la rendait si gaie. Vic s'embrouilla volontairement dans une explication qui dura une trentaine de minutes, ce qui est vraiment très long, et d'où il ressortit que ce n'était pas cette nouvelle qui l'avait mise en joie, mais une autre, un garçon qu'elle aimait et qui venait d'arriver premier à une course de motos. Pour son oncle, elle était très triste, elle l'aimait beaucoup. Avec cette imagination baroque qui était la sienne quand elle disait des mensonges — alors qu'elle était complètement incapable d'en mettre ne serait-ce qu'un gramme dans ses rédactions —, elle inventa toutes sortes de détails concernant cet oncle de fantaisie. Il dirigeait une usine où l'on fabriquait des bicyclettes, mais lui-même, en partie à cause de son poids (cent deux kilos), était incapable de tenir en équilibre sur un vélo ou tout autre véhicule à deux roues ! Il avait une véritable passion pour les fêtes foraines. Quand on voulait lui demander un grand service, il valait mieux lui offrir auparavant de la barbe-à-papa. Etc.

Vic rejoignit Salzbourg en autocar, traversant la Bavière, puis le Tyrol. Elle discuta avec quelques voyageurs. L'un d'eux, étudiant en archéologie, blond, bronzé, et légèrement vêtu d'un short blanc et d'un tee-shirt noir, lui plut beaucoup. Mais elle hurla quant au bout d'un quart d'heure, il essaya de l'embrasser sur les lèvres. Elles n'était pas une fille facile. Et elle croyait que les archéologues étaient des gens plus patients ! Le voyageur haussa les épaules, changea de place, se plongea dans la lecture d'un livre savant et Vic n'entendit plus parler de lui.

A Salzbourg, après s'être copieusement embrassées, Poupette et son arrière-petite-fille allèrent manger des pâtisseries. Puis, elles se préparèrent pour la soirée, qui fut merveilleuse. Après de longues, longues années de semi-indifférence à la musique classique, Vic commençait à y prendre goût. Mais ce qui l'enchanta le plus, ce fut le décor, les lumières, les gens qu'on aurait dit taillés dans du cristal, les femmes majestueuses, leurs yeux limpides qui cachaient tant de choses, tout comme les siens !

La première fois que Vic vit Philippe Berthier, ce fut dans le train qui la ramenait avec Poupette de Salzbourg à Paris.

— Comment le trouves-tu ? demanda Poupette.

Elles étaient toutes deux dans le couloir.

— Bof, fit Vic.

— J'ai de l'arthrose mais je ne suis pas aveugle ! Et ton Allemand, tu ne m'as pas raconté ?

— Ulrich Schmidt ? Grand, maigre, pas mal de boutons et trop de problèmes.

— Le fils de Dracula et de Jean-Jacques Rousseau ?...

Vic approuva en riant.

Il était presque midi. Elles se rendirent au wagon self-service.

— Et toi, Jean-Louis ? demanda Vic.

Elle prit du rosbif froid et une bouteille de coca. Pas de pain. Elle commençait son régime. De toute façon, dans le train, le pain est toujours mauvais. Trop dur ou trop mou.

Poupette attrapa une assiette de crudités, puis dit :

— Il vient me chercher à la gare. Sa femme est en cure à Evian, comme chaque année.

— J'aurais peut-être dû prévenir les parents. Ils ne m'attendent que dimanche.

La deuxième fois que Vic vit Philippe Berthier, ce fut quand elle renversa son coca sur l'assiette anglaise du garçon. Ils étaient l'un derrière l'autre, devant la caisse. Vic fit avancer son plateau trop vite. Elle avait perdu l'habitude des self-service ; chez les Schmidt, les repas étaient presque des cérémonies, on n'avait pas de plateau et on restait assis.

— Oh pardon ! dit-elle.

— Ce n'est rien, dit Philippe.

Il épongea soigneusement sa viande avec une serviette en papier. Cela étonnait souvent Vic de voir à quel point les garçons étaient soigneux. Elle, elle aurait tout simplement fait une scène à la caissière pour qu'elle changeât son assiette. Mais lui, non. Il épongeait.

Il était plutôt mignon. En fait, Vic l'avait déjà remarqué dans le couloir, tout à l'heure. Mais elle avait une façon bien à elle de tout voir en paraissant être ailleurs, de penser vite en ayant l'air de penser lentement, de participer à une conversation en écoutant une autre conversation qui avait lieu en même temps. Tout le monde s'y perdait. Sauf, peut-être, Poupette.

Philippe Berthier partit avec son plateau. Poupette régla les repas à la caisse, puis se fraya avec son arrière-petite-fille un chemin entre les voyageurs qui attendaient, ceux qui se demandaient s'ils allaient attendre, ceux qui avaient fini d'attendre, et enfin ceux qui avaient fini de manger.

Elles trouvèrent deux places et s'assirent.

— Tu te rends compte que ça fait un an que je ne suis pas sortie avec un mec ? commença Vic.

— Attends, qu'est-ce que ça veut dire « sortir » ? Parce que tous les six mois vous changez de code, alors...

— Sortir, enfin, rester, être avec le même garçon...

— *Passeport, bitte.*

Elles fouillèrent dans leur sac, tendirent chacune leur passeport au policier.

— A Paris, les lycées, les boums, toujours les mêmes têtes... Si, en vacances, je ne rencontre personne... je ne rencontrerai jamais personne !

Elles récupérèrent leurs passeports.

— Evidemment, reprit Vic, les minets de seize ans, débiles, boutonneux, ça j'affiche complet... J'ai l'impression que je ne serai plus jamais amoureuse, Poupette.

— Tu as quel âge ? Quinze ?
— Et deux mois !
— C'est une impression.

Jean-Louis n'est pas à la gare. A sa place, sur le quai, il y a Françoise. Et Lucas, dans la poussette. Il a dix mois. C'est sans doute la première fois qu'il voit un train d'aussi près. Il a l'air de trouver ça formidable ! Il bat des mains et des pieds, comme pour dire : encore ! encore !

— Maman ! crie Vic, de la portière.

Le train s'immobilise complètement, Françoise regarde Vic avec stupeur et demande :

— Qu'est-ce que tu fais là, toi ?
— Je t'expliquerai ! Salut, Lucas !

Lucas ne répond pas au salut de Vic. Les wagons l'intéressent beaucoup plus.

— Et toi ? fait Poupette. Où est Jean-Louis ?
— Il n'a pas pu venir. Il s'est passé quelque chose, Poupette.
— Il est arrivé quelque chose à Jean-Louis ?
— Sa femme est morte.
— Nom d'une pipe ! fait la vieille dame.

Ce fut une Poupette toute pensive que Françoise déposa à Montmartre avant de conduire Vic et Lucas à la maison. Elle les laissa à l'entrée de l'immeuble. Elle avait du travail à l'atelier.

Il n'y avait personne dans l'appartement. François était au labo. Il y passait de plus en plus de temps. Du reste, dans le cabinet qu'il avait fait installer à l'entrée de l'appartement, il ne recevait plus de clients le mardi, ni le mercredi.

Vic déposa Lucas dans son parc et appela Pénélope :

— Vic ! Ben, je croyais que tu rentrais dimanche.

— Je me suis tirée, dit Vic en jetant un coup d'œil au courrier qui lui était arrivé pendant les vacances.

— Ah bon ? Faut que je te voie tout de suite. J'ai des masses de trucs à te dire... Enfin, *un* truc, surtout.

— Vas-y !

— Ça y est !

— Sans blague ! dit Vic sidérée.

Décidément, il s'en était passé des choses cet été : la mort de la femme de Jean-Louis, le dépucelage de Pénélope... Il n'y avait qu'à elle qu'il n'était rien arrivé !

— Et alors ?demanda-t-elle.

— Alors quoi ?

— Raconte... Il a quel âge ?

— Dix-huit. Il s'appelle Thibault.

— T'es vachement amoureuse ?

— Ouais, il est sympa.

— Comment il est ?

— Brun... sympa. Il habite Hendaye... Et toi, tu ne me racontes pas ?

— Oh moi, Cassis avec les parents et la Bavière avec les oies. T'as reçu mes lettres ?

— Ouais. Tu sais, Thibault, dans un sens je n'ai pas eu de chance : je l'ai rencontré le dernier jour.

— Ça s'est passé seulement une fois ?

— Deux !... Deux fois le même soir.

— Et combien de temps ça a duré ?

— Trois... quatre minutes...

— Ah bon ?

— Chaque fois, hein !...

— Tu n'as pas passé toute la nuit avec lui, alors ?

— Ben non... Il a fallu que je parte parce que ses parents rentraient du cinoche.

A mesure que Pénélope parlait — la façon dont elle donnait au compte-gouttes les renseignements sur « l'événement » exaspérait d'ailleurs Vic —, celle-ci imaginait la scène : le visage forcément volontaire de Thibault, les yeux fermés de Pénélope, le tic-tac du réveil sur la table de nuit... Elle pensait aussi à sa tentative ratée de Cabourg, avec Mathieu, un an et demi plus tôt. Ça la rendait un peu triste.

— Et maintenant, comment tu te sens ?

— Je ne sors pas de réanimation, hein !...

— Enfin, s'il était sympa...

— Ecoute, je file à la Pagode, voir *Some like it hot.* Tu me retrouves devant, d'accord ?

— Je ne sais pas... Il y a Lucas... Je vais voir si je peux m'arranger. Salut !

Vic raccrocha. Elle n'avait pas dit « oui » tout de suite à la proposition de Pénélope parce que sa camarade l'avait un peu agacée avec son « Thibault ». Mais elle oublia vite son agacement, laissa Lucas à Mme Monnet et sauta dans le premier bus qui passait.

Françoise quitta la chambre de Lucas sur la pointe des pieds. Ce soir, elle avait pratiquement épuisé tout son répertoire de berceuses. Lucas, trop excité par les trains qu'il avait vu durant l'après-midi, refusait de fermer les yeux. Il céda enfin au sommeil quand Françoise posa sur la table de nuit un « kangourou boîte à musique ».

De la cuisine, où elle se préparait une aspirine, elle entendit son mari entrer dans l'appartement. Elle passa dans le salon. Il portait une grosse boîte rectangulaire, enveloppée d'un papier marron.

— C'est le magnétoscope ? fit Françoise avec gourmandise.

— Non, c'est le microscope.

François posa le paquet et embrassa sa femme.

— Même prix, dit-il, comme pour s'excuser.

Il disparut dans la chambre. Françoise examina le paquet, sans gourmandise, ce coup-ci. Elle dit :

— Seulement, pour enregistrer *Citizen Kane*...

— Je suis crevé.

— Tu sais, je peux y aller seule...

— Mais non, je t'ai promis... Je me dépêche. La baby-sitter est là ?

— Je l'ai décommandée. J'oubliais de te dire : Vic est rentrée.

François, qui s'apprêtait à se rendre dans la salle de bains pour prendre une douche, revint sur ses pas et, tout nu dans l'encadrement de la porte du salon, dit :

— Mais elle devait rentrer dimanche !

— Un coup de Poupette, ou un coup de Vic...

— Un coup monté, quoi ! fit François en haussant les épaules. Ah ! ces deux-là...

Il repartit vers la salle de bains, régla la douche, se placa sous le jet et poursuivit la conversation. François aimait ça, parler sous la douche. L'eau le rendait gai et causant :

— Comment elle va ?... Enfin, comment tu l'as trouvée ?

— Vieille ! cria Françoise. Je parle de Vic, bien sûr... Qu'est-ce qu'elle fabrique ? J'ai acheté du colin froid. Elle adore ça... J'en ai pris pour toi au cas où tu préfèrerais... J'ai peur que... Si tu es fatigué... Enfin, ça ne va pas être très drôle toutes ces conversations avec Van der Bauer, surtout qu'il va falloir jouer serré pour la maquette...

Elle entra dans la salle de bains. François était toujours sous la douche. Il était aussi difficile de l'en sortir que de sortir un enfant d'un manège !

— Et puis Vic..., continua Françoise. Elle va rester seule le soir de son retour...

— Toi, tu es en train de me faire le numéro du mec qui décourage sa femme de sortir parce qu'il a rendez-vous avec une gonzesse.

— Non, celui de la femme qui a un dîner d'affaires et qui pense qu'elle discutera mieux le coup sans son mari.

François arrêta le robinet.

— De toute façon, dit-il en s'approchant de sa femme, avec tout le raccommodage et l'ourlet de ma jupe à finir pour demain...

— Imbécile !

François l'attira vers lui.

— Tu vas mouiller ma robe.

Ce fut exactement ce qui arriva. Françoise dut se changer avant d'aller à son rendez-vous. C'était décidé, François resterait à la maison. Il s'enveloppa dans une robe de chambre et commença d'extraire le microscope du paquet. Françoise l'embrassa sur le front, légèrement, ils avaient eu leur compte de baisers lourds dans la salle de bains. Puis, elle disparut.

Une demi-heure plus tard, le téléphone sonna.

— Allô, fit François.

— Allô, p'pa ? Ça va ?...

— « Du bist ein hübsches und *sehr verspätetes* französiches Fraulein ! » Si tu n'a pas compris, tu repars en Allemagne... Où es-tu ?

— Chez Pénélope. Maman est là ?...

— Non, mais y'a du colin froid.

— Ecoute... Pénélope part demain soir une semaine avec son père... Je ne la verrai plus jusqu'à la rentrée... On a plein de choses à se dire. Je peux rester coucher là ?

— Moi aussi, j'avais plein de choses à te dire.

— Bon, ben on se voit demain ?

— OK. On se voit demain... Je t'embrasse.

François raccrocha, esquissa un petit sourire, puis retourna à son microscope électronique, avec lequel il passa une soirée exquise.

Vic et Pénélope se couchèrent tôt mais parlèrent tard. Le lendemain matin, elles ne se rappelaient plus laquelle des deux s'était endormie la première. Elles prirent un petit déjeuner copieux.

— Evidemment, dit Vic, si tu as rencontré Thibault le dernier jour, tu n'as pas de photos ?

— Si, si, je l'avais repéré avant. Elles sont à développer, mais trois cinés cette semaine, même avec le tarif du lundi, je n'ai plus de blé pour aller les chercher.

— Je crois qu'il me reste cinquante francs. Je te les file.

— Génial !

Elles passèrent leurs bols sous l'eau, puis filèrent dans leur chambre. Vic fouilla dans son sac, en sortit son passeport. Elle l'ouvrit, fit défiler les pages entre ses doigts. Elle était sûre d'avoir cinquante francs. Elle secoua le passeport, mais aucun rectangle bleuâtre n'en tomba.

— Je ne comprends pas, dit-elle.

— Fais voir, dit Pénélope. Ben, évidemment, ce n'est pas le tien !

— Quoi ?

— Regarde.

— Mince, fit Vic, en constatant que sous la rubrique « photographie du titulaire », ce n'était pas son visage qu'il y avait , mais celui du jeune homme du train, celui dont elle avait inondé de coca l'assiette anglaise.

— Il est vachement mignon, dit Pénélope. Qui c'est ?

— Je n'en sais rien... Enfin si, il était dans le train avec moi, les douaniers ont dû se tromper...

Pénélope feuilletait le passeport :

— Mais, dis donc, il est toujours fourré en Allemagne, il y a au moins dix tampons ! Bon, reprenons : né à Paris, IVe, le 10 juillet 1965. Dix-sept ans.

— Pas assez.

— 1,76 m.

— Pas assez.

— T'es vache. Yeux : clairs. Ça, c'est bon ! Signe particulier : néant. Faut voir, ils ne sont pas regardants à la préfecture.

— Faut voir, répéta Vic, un peu choquée par l'appétit de Pénélope. Et Thibault, alors ?

— Thibault, il a une cicatrice à l'épaule. Superbe !

— Non, je veux dire : Thibault, tu n'as vraiment pas l'air...

— Il habite Hendaye, ma vieille !

Pour Pénélope, ça avait l'air de tout expliquer, mais pour Vic ça n'expliquait rien.

Ce fut une fille qui ouvrit — ce que Pénélope ressentit comme une offense personnelle. La fille avait environ dix-neuf ans, des cheveux bruns, un jean et une chemise écossaise. Derrière elle, un garçon grimpé sur un tabouret collait au mur une affiche de AC/DC. Pénélope remarqua tout de suite que ce n'était pas Philippe.

— Philippe Berthier, c'est ici ? demanda Vic.

— Oui, dit la fille en s'écartant pour leur laisser le passage.

Vic et Pénélope pénétrèrent dans la petite chambre mansardée. Il y avait des affiches de boxe française aux murs. Philippe était là, un vieux chapeau sur la tête, un pinceau dans la main.

— C'est moi, dit-il.

Pénélope s'approcha de lui et lui tendit une main qu'il serra machinalement, en regardant Vic.

— T'étais pas dans le train, avant-hier ? demanda-t-il.

— Si, dit Vic, justement...

Elle sortit de son sac le passeport de Philippe :

— J'espère que vous avez le mien...

— Sans blague ! s'écria le jeune homme. Catherine, tu peux regarder le passeport dans ma sacoche ?

Tandis que Catherine, sans enthousiasme, s'exécutait, l'autre garçon sauta de son tabouret et tendit la main aux deux jeunes filles :

— Moi, c'est Frédo.

— Moi, c'est Pénélope.

— Ah ouais ?

— Ouais.

Catherine avait trouvé le passeport. Elle l'ouvrit et lut :

— Victoire Berreton.

« La salope ! » pensa Vic.

— Pitié, dit-elle. Vic...

— Fais voir, dit Philippe.

Catherine parut ne pas entendre. Elle donna directement le passeport à Vic.

— Tu fais de la boxe française ? demanda Pénélope à Philippe.

— Oui.

— Moi aussi.

— Ah bon, où ça ?

— Ben...

Pénélope jeta aux affiches un coup d'œil ultra-rapide :

— ... à la Cité !

— Vous prenez un pot ? proposa Frédo.

— Y'a du coca chaud et du café tiède, dit Catherine avec une aigreur qui découragea Vic.

— Non, dit-elle. Non merci...

— Bon, ben salut ! dit Pénélope.

Elles sortirent. Dans l'escalier, Vic tendit le billet à Pénélope :

— Tiens, v'la les cinquante francs.

— T'as vu comme il m'a regardée, Philippe ? Tu crois qu'elle est avec lui ou avec l'autre ?

— Tu fais de la boxe française, toi ?

— Non, mais je vais en faire !

Pénélope lisait dans son bain. Elle en était au moment où Julien se décide à prendre la main de Mme de Rênal. « Ça va chier ! » pensa la jeune fille. Elle attendait, avec curiosité, la suite des opérations, quand la sonnerie de la porte d'entrée retentit.

— Samantha ! hurla Pénélope.

On sonna encore, mais Samantha ne donna pas signe de vie.

— Ohch ! fit Pénélope.

Elle se leva. A cause de cette conne de Samantha, son jean n'avait pas eu le temps de rétrécir, elle en était sûre ! Elle attrapa une serviette, dont elle s'enveloppa le postérieur.

Devant la porte, elle demanda :

— Qui c'est ?

— Raoul !

Raoul ? Qu'est-ce qu'il venait faire là, celui-là ? Peut-être avait-il appris que Pénélope avait, pour ainsi dire, changé de catégorie, et tenait-il à poser des jalons... Pénélope avait toujours eu un faible pour Raoul. Elle ouvrit la porte.

— Salut ! firent en chœur Caroline, Stéphane, Géraldine, Raoul et Vic.

Ils se répandirent dans l'appartement comme une nuée d'abeilles.

— Mais t'es trempée ! fit Vic, en embrassant sa meilleure amie sur les joues.

— Je fais rétrécir mon jean, expliqua Pénélope.

— Il est « porno-sex » ton truc, remarqua Raoul.

Tout ce petit monde se tassa dans la chambre de Pénélope. On mit du rock sur le pick-up, mais on ne dansa pas. Il n'y avait pas assez de place.

— D'où tu viens ? demanda Pénélope à Raoul. T'es noir !

— J'étais chez Mathieu, en Guadeloupe.

— Ah ! oui, fit Géraldine. Dis donc, alors, Mathieu, il est toujours là-bas ?

— Oui, son père est cuistot au Méridien, expliqua Raoul.

Vic dénicha dans un coin les gants de boxe de Pénélope et se tourna vers celle-ci :

— Alors, tu l'as vu ?

— Philippe ? Non. Il est « gant d'argent ». Moi, je débute : je suis « gant bleu ». On n'est pas dans le même...

Elle fut interrompue dans son explication par Samantha qui entra dans la chambre comme une furie, vêtue d'un collant et de jambières en grosse laine grise, et cria :

— Pouvez pas baisser la musique ? ! Moi, je travaille, à la fin ! Faites vraiment chier, les mecs !

Tous se regardèrent, suffoqués. Il y eut au moins cinq secondes de silence avant que les premières réactions à cette bordée d'insultes ne se fassent entendre :

— Hé, ho, doucement !

— Doucement, le petit rat !

— Oui, dis donc, c'est toi qui fais chier, le rat !

— Merde ! répliqua Samantha, qui sortit en claquant la porte.

— Vous êtes vaches ! dit Vic. Elle veut rentrer au conservatoire.

Depuis quelques minutes, Stéphane offrait à Vic une ribambelle de sourires langoureux. Il hocha gravement la tête devant cette manifestation d'humanité. Vic n'était pas comme les autres et il s'en félicitait. Il s'assit à côté d'elle :

— Qu'est-ce que tu fais le 27 novembre ?

— Ben... fit Vic, embarrassée. D'ici là, la bombe à neutrons sera peut-être tombée.

— Ce serait embêtant parce que j'ai deux places pour Barychnikov au théâtre des Champs.

— Barychnikov !

Ça demandait réflexion. Rien chez Stéphane ne retenait l'attention de Vic. Elle le trouvait sans odeur et sans saveur. Gentil, ça oui. Mais des types méchants, elle n'en avait jamais vraiment rencontré, elle ne pouvait pas faire la différence. Stéphane ne lui plaisait pas, un point c'était tout. Mais Barychnikov...

— Je vais réfléchir, dit-elle.

Quand il ne sait pas comment annoncer une mauvaise nouvelle, ou bien quand il sait qu'il va en annoncer une très bonne, ou encore quand il n'arrive pas à voir sa femme et sa fille ensemble assez longtemps pour leur expliquer une situation complexe, François Berreton décroche son téléphone et retient une table chez Corinto. Puis, il attend patiemment que Vic et Françoise aient fini de se changer. Il ne voit pas toujours la différence entre ce que Vic portait en rentrant du lycée et ce qu'elle a décidé de mettre pour le dîner. D'abord, tous les jeans sont plus ou moins de la même couleur. Et puis, ce sont surtout les attitudes très décontractées, presque désinvoltes, de Vic qu'il remarque. Quant à Françoise, elle est parfaite. Il n'y a pas d'autre mot. Avec elle, il n'y a jamais rien qui cloche. Pas de mauvaise surprise. Ni de bonne, au fond. Mais les bonnes surprises, à présent, ce sont, entre autres, le collagène et les enzymes qui se chargent de les procurer à François.

Les Berreton ont fini de passer la commande. Ils rendent les menus au serveur. Vic demande à ses parents si, cette année, elle aura le droit d'aller en boîte. Personne ne lui répond. « Comme d'habitude », pense-t-elle. Elle se rencogne sur sa chaise. Ça ne semble gêner ni son père ni sa mère, qui s'observent avec un mélange d'appréhension et d'ironie.

— Pourquoi tu me regardes comme ça ? demande enfin François à son épouse.

— Qu'est-ce que je porte ?
— Comment ça, qu'est-ce que tu portes ?
— Oui, enfin, comment je suis habillée ?
— Ben... Ton pull bleu et...
— Et quoi ? là, en dessous... sous la table : je porte un pantalon ? des bottes ? une jupe fendue ? des talons ? des bas noirs ?

François jeta à Vic un regard interrogateur que Françoise n'eut aucune peine à remarquer :

— Je ne demande pas à Vic, je te demande à toi. Tu es venu nous chercher, nous avons pris l'ascenseur, nous sommes montés dans la voiture, descendus de la voiture, entrés dans le restaurant : tu n'as pas regardé mes jambes une seule fois.

— Je les connais, tes jambes. Elle sont ravissantes...

Le serveur apporte le vin que François refuse de goûter. Le vin de Corinto est toujours bon. Vic se jette sur son coca.

— Ne bois pas si vite, dit François.

Il examine la nappe, puis, ayant visiblement réfléchi aux propos de sa femme, contre-attaque :

— D'abord, ce n'est pas vrai : je te regarde. Je te trouve très belle. Et ce soir, si je n'ai pas regardé tes jambes, c'est parce que j'ai la tête ailleurs... sans jeu de mots. En fait, je vous ai emmenées ici parce que... Voilà : je vais lâcher le cabinet.

Le serveur arrive avec les spaghetti alle vongole des parents Berreton et l'antipasto de Vic.

— Dès que j'aurai passé ma thèse, poursuit François. Je veux travailler à plein temps au laboratoire, enfin faire de la recherche... ne faire que ça.

Voilà, c'est dit. François baisse la tête, avale quelques spaghetti.

— C'est formidable, dit Françoise.
— Tu sais ce que ça signifie ?
— C'est le choix entre le magnétoscope et le microscope, entre le double four encastré autonettoyant que j'attends depuis quatre ans et le Prix Nobel, c'est ça ?
— Le Prix Nobel ! s'exclame Vic, épatée.

— C'est juste les quarante ans qui précèdent qui sont un peu durs, dit François, avec son sourire des bons jours, des jours où il veut faire marrer tout le monde. Faire des trous dans les molaires des gens, ça rapporte quatre fois plus que d'étudier sur les souris pourquoi les gens ont des trous dans les molaires !

— Rien compris, déclare Vic. On sera fauchés, quoi ?

— Tu as tout compris, dit François.

— Si ça se fait, le dessin animé...

Il est difficile d'être une femme et d'annoncer qu'on va peut-être gagner beaucoup, beaucoup d'argent. Françoise ne sait trop comment s'y prendre, mais François a compris. Elle est heureuse de constater qu'il ne paraît pas s'offusquer de ce renversement des rôles. Après tout, il ne sera pas un homme entretenu, mais un chercheur subventionné. Ne pas confondre !

— A propos, dit-elle, j'ai trouvé un titre : *les Trente-neuf Taupes.*

François et Vic éclatent de rire. Elle fait un geste au serveur pour qu'il lui apporte un autre coca.

— Comme ça, tout l'argent que je gagnerai avec mes taupes, tu le perdras avec tes souris.

Là, Vic est contente ! Ses parents s'embrassent. Ça lui fait plaisir. Ils ne s'embrassent pas si souvent que ça. D'abord, ils n'ont pas le temps. Ils n'ont le temps de rien, dans le fond. Ça ne leur viendrait pas à l'esprit de rester une heure dans leur chambre à gratouiller une guitare, ou de parler au téléphone pendant une demi-heure à leurs meilleurs amis. Ils n'ont pas vraiment d'amis. Parfois, mais toujours avec une vague mauvaise humeur, parce qu'il faut se préparer et préparer les choses, ils reçoivent des gens. Ils se dérident au bout d'un certain temps grâce au vin, à la nourriture, au bruit, aux blagues. Mais des personnes à qui ils raconteraient tout, de A jusqu'à Z, et chez qui ils dormiraient parce que cela leur ferait tout simplement plaisir d'être avec eux *pendant la nuit,* ils n'en ont pas. Puis, Vic a cette illumination : ses parents sont amis, ils sont amis l'un avec l'autre. Ils se parlent, ils s'aident, ils se comprennent, ils se font rire. C'est formidable ! C'est comme si elle, Vic, était mariée à Pénélope, dans la mesure naturellement où Pénélope serait un garçon. Pénélope un garçon ! Vic essaye d'imaginer ça. Oh ! non, ça n'irait pas du tout. Ce serait sûrement un garçon maladroit et rougissant, toujours en avance d'une gaffe et en retard d'un métro. Stéphane en plus gras. Non, Vic ne sortirait pas avec Pénélope. Elle préférerait... Philippe. Qu'est-ce qu'il devient, au fait, celui-là ? Pénélope ne lui en parle jamais. Bizarre.

Le serveur donne à Vic la carte des desserts. Par pure inadvertance, la jeune fille regarde les prix. Comme tout ça est cher ! Ça lui fait penser qu'elle n'a plus un sou. Elle dit qu'elle prendra une glace, puis :

— Ce n'est peut-être pas le moment d'ajouter quelque chose au cahier des charges, mais... la carte orange a encore augmenté, je ne m'en sors plus avec ma semaine !

Vic faisait manger Lucas, quand la sonnerie du téléphone retentit en même temps que celle de la porte d'entrée.

Vic décrocha d'abord le téléphone et dit :

— Ne quittez pas !

Puis, elle alla ouvrir. C'était Pénélope.

— Je suis au téléphone, dit Vic.

Elle reprit le combiné et s'assit à côté de l'appareil.

— Oui ?

— Bonjour, c'est Philippe.

— Qui ?

— Philippe Berthier.

— Ah ! Oui... Bonjour.

Vic tendit l'écouteur à Pénélope qui, résignée et sinistre, l'approcha de son oreille.

— J'ai rencontré Pénélope à la Cité et elle m'a donné ton numéro, dit Philippe.

Pénélope approuva de la tête. Philippe continuait :

— Y'a un concert des Books, samedi 27 novembre, à Baltard. Tu peux venir ?

— Books, j'adore !... T'as combien de places, je peux emmener Pénélope ?

Tandis que Pénélope faisait énergiquement non de la tête, Philippe, à l'autre bout du fil, protesta :

— J'ai fait la queue trois heures à la FNAC. J'ai eu les deux dernières places.

— Bon, ben faut que je demande... mais en principe, d'accord. Tu me rappelles ?... Au revoir, merci.

Elle raccrocha.

— Tu peux y aller, dit Pénélope, livide. Je n'en ai rien à foutre !

Le musée Rodin était presque désert. Le coin idéal pour causer à l'abri des oreilles indiscrètes. Poupette soutenait même qu'à l'instar des hammams et des ambassades il constituait un vrai repaire d'agents secrets.

En passant devant la célèbre statue du Baiser, Poupette eut cette phrase que Vic jugea un peu emphatique :

— L'amour, c'est un miracle...

— L'amour, l'amour... Je le connais à peine, ce type.

— Il te plaît ou pas ? demanda Poupette, qui en fait ne pensait ni à Vic ni à Philippe quand elle avait prononcé cette phrase définitive, mais tout simplement à elle-même.

— Oui, dit Vic. Peut-être... Enfin, je ne sais pas encore...

— Si tu te poses la question, c'est qu'il te plaît ! Moi, pour Jean-Louis, je me suis interrogée pendant des mois : trois mois des roses rouges, six mois d'orchidées, tous les soirs ! A l'époque, j'étais dans l'orchestre de l'Opéra... Et puis, un jour, plus de pivoines : j'ai cru que je devenais folle ! Ce jour-là, j'ai su...

— A propos, où t'en es ? Plus rien ne vous empêche de vous marier, maintenant, Jean-Louis et toi !

— Eh, oh ! Doucement. Quand on habite Back street pendant quarante-quatre ans, on ne change pas d'adresse du jour au lendemain.

Poupette et son arrière-petite-fille s'arrêtèrent devant une esquisse de nu.

— Qu'est-ce qu'elle est belle ! fit Vic.

— C'est moi, dit Poupette, non sans qu'un agréable frisson de vanité lui parcourût l'échine.

— Quoi !... T'as posé ?

— Là-haut. Il habitait au troisième. J'avais seize ans... et des jambes ! On en parle encore, enfin les survivants...

Vic rit.

— Bon, reprit Poupette. Il s'appelle comment, ce garçon ?

— Philippe.

— Pénélope est sortie avec lui ?

— Non.

— Il lui a fait du gringue ?

— Non.

— Eh bien alors, tu sors avec lui et si elle t'en veut, c'est une conne !

Ce n'était pas Vic qui avait pris des coups deux fois par semaine au club de boxe française ! Vic, elle se contentait de rester chez elle, de faire manger son petit frère, et c'était tout de même à elle que Philippe téléphonait !

Il y avait des moments comme ça où Pénélope haïssait Vic, où elle aurait fait n'importe quoi pour lui nuire, où elle ne supportait plus du tout ses longues jambes et son nez droit, et toute cette espèce de perfection infernale que son corps et son visage exprimaient. Elle aurait voulu la mordre, ou la mettre dans la machine à laver et appuyer sur le bouton « rinçage ». Et puis, ça passait. Pénélope ne pouvait nier que Vic était une très bonne copine, la meilleure, peut-être, qu'elle eût jamais eue. On trouvait en elle une excellente complice pour la fabrication et l'utilisation des antisèches. Elle n'hésitait pas à prendre des risques. Quand on était malade, elle ne cherchait pas à éviter la contagion. Elle était bonne comme le bon pain, Vic. Si seulement elle n'avait pas passé son temps à lui piquer ses mecs ! Du reste, c'étaient plutôt eux qui lui couraient après, mais pour Pénélope c'était justement ça le plus rageant ! Sa copine ne bougeait pas le petit doigt, et ils accouraient tout comme pour le départ d'un Grand Prix !

Ce matin-là, Pénélope n'adressa pas la parole à Vic. Elle s'assit à côté de Géraldine. Elle s'appliqua à rire assez fort pour que Vic, toute seule à *leur* table, l'entendît distinctement.

Le professeur de français, dont le cours ne retint pas une seule seconde l'attention de Pénélope, donna à la fin de l'heure le sujet de la dissertation à remettre la semaine prochaine :

— Commentez cette phrase de Romain Gary : « Le patriotisme c'est l'amour des siens, le nationalisme c'est la haine des autres. »

La sonnerie de la fin du cours, toujours trop forte, résonna dans le lycée. Ce fut, comme d'habitude, la ruée vers la porte. Pénélope ne se pressa pas, Vic non plus. Elles se croisèrent à la hauteur des premiers rangs.

— Pénélope..., implora Vic.

Pénélope sortit sans répondre. Dans le couloir, Vic fut abordée par Samantha :

— Dis, Vic, si jamais vous voulez une baby-sitter, j'ai besoin de blé. Une paire de pointes tous les dix jours.

— OK !

Vic pressa le pas pour rejoindre son amie :

— Ecoute, Pénélope, si tu en fais un drame, je le décommande... Tu ne vas pas continuer à faire la gueule !

— Elle peut tenir très longtemps, dit Samantha sur un ton guilleret, avant de disparaître dans une salle.

Et ce fut en partie pour avoir la joie de contredire sa sœur que Pénélope se réconcilia avec Vic au bas de l'escalier, une minute plus tard.

Bien que les deux événements n'eussent aucun rapport, ce fut le jour où François soutint sa thèse dans l'amphithéâtre de la faculté dentaire que Françoise décida d'autoriser Vic à prendre la pilule. Il s'agit d'ailleurs moins d'une autorisation qu'une sorte de mise au point. Cela se passa à la sortie du cours de danse de Vic, dans l'escalier, très exactement. Ce n'était pas un très bon endroit pour parler de ça, mais, sans bien savoir pourquoi, Françoise ne voulait plus retarder l'examen de cette question. Elle commença :

— Dis donc, chérie...

Vic n'aimait pas les phrases qui débutaient par « dis donc, chérie ». « Elle va encore m'annoncer que papa et elle se séparent ! » pensa-t-elle.

— Faudra peut-être un jour que... tu ailles voir Anne-Marie, tu sais, la doctoresse.

Ouf ! Ce n'était que ça ! Vic demanda, en mettant par malice beaucoup d'innocence dans sa voix :

— Elle est gynéco, Anne-Marie, non ?

— Oui. A partir d'un certain âge, tous les ans, il faut prendre l'habitude de...

— On ira quand tu veux.

— Non, *toi* tu iras quand tu veux... Je te donnerai son téléphone et comme ça le jour où... enfin quand tu penseras que...

Françoise était au supplice. Elle ne voulait pas davantage

s'adresser à Vic comme une mère que comme une copine. Elle cherchait le ton juste, ce qui avait pour seul résultat de la faire bafouiller :

— ... enfin que...

— Ben, à ce moment-là, je t'en parlerai.

— Je ne crois pas, non, dit Françoise, abandonnant au plus grand soulagement de tout le monde sa recherche du ton juste pour un ton normal.

— De toute façon, la pilule, pas question : ça fait grossir.

— Y'a pas que la pilule qui fait grossir !

— En attendant, Pénélope a pris deux kilos !

Ainsi Pénélope... En autorisant sa fille, d'une façon détournée, à coucher avec des garçons, Françoise pensait accomplir un grand pas en avant. Depuis le début de la conversation, elle se sentait assez fière d'elle. Elle se disait que peu de mères étaient capables de faire ce qu'elle était en train de faire. Mais si Pénélope, déjà... Françoise eut soudain l'impression de se couvrir de ridicule, et, en même temps fut prise d'une terreur sourde : et si Vic se mettait vraiment à coucher avec des garçons ? Non, c'était impossible, Françoise se souvenait qu'à son âge, quinze ans, elle n'avait pas ce genre de désir, elle pensait surtout à la course à pied et à sa collection de timbres. Mais Vic ne lui ressemblait pas, et ce n'était pas la même époque, et maintenant il y avait la fameuse « pilule »... Françoise tenta de rattraper le coup :

— Tu sais, ce que je dis, ce n'est surtout pas pour t'inciter à...

— Non, fit Vic, malicieuse. C'est pour m'empêcher de...

Elles éclatèrent de rire, puis se rendirent à la faculté dentaire où François, pendant deux heures, soutint sa thèse. Il portait un costume foncé et une cravate grenat. Françoise le trouva beau, mais ne comprit presque rien à ce qu'il raconta, et les croquis et les calculs dont il remplit le tableau noir ne la mirent nullement sur le bon chemin. Elle se laissait tout simplement bercer par la voix de son mari, cette voix qu'elle connaissait dans l'intimité la plus close, les dialogues les plus crus, et qui parlait maintenant une sorte de langue étrangère, un dialecte fort inspiré du grec, devant une centaine de personnes.

Enfin, au grand soulagement de Vic, qui venait de se jurer qu'elle ne deviendrait jamais chercheur scientifique (elle n'aimait pas l'odeur de cet amphithéâtre), François arriva au bout de ses explications, fut chaleureusement applaudi et, après une courte délibération du jury, vit le doyen s'avancer vers lui.

— François Berreton, fit le doyen, le jury vous attribue le grade de docteur en Sciences ontologiques, mention « très honorable » avec les félicitations du jury... qui vous propose pour la médaille d'argent.

— Merci, dit François, très ému.

Les deux hommes se serrèrent la main. A la sortie de l'amphithéâtre, François fut immédiatement entouré. Il embrassa plusieurs copines, sa femme et sa fille, puis tout le monde entra dans une salle de travaux pratiques, où un buffet avait été préparé.

— Ta thèse, dit Etienne, pas mal. Mais ta fille... sublime !

Françoise remarqua chez François une excitation particulière à l'entrée dans la salle du professeur Portal, un homme d'une cinquantaine d'années, aux yeux bleus et aux joues creuses. C'était exactement comme ça que Vic imaginait les savants. Portal s'approcha de François et lui serra la main.

— Vous savez, dit François, je me suis beaucoup inspiré de vos travaux et... enfin, notre rencontre au Congrès de Grenoble, a été décisive pour moi ! J'en profite pour vous remercier d'avoir accepté de...

Portal coupa d'un sourire rapide la reconnaissance de François :

— Votre théorie sur la cyofracture des membranes, j'aimerais bien qu'on en parle... si vous passez un jour par Lyon.

Françoise s'était approchée. Il y eut les présentations d'usage. On parla de choses et d'autres. Au bout de cinq minutes et sans avoir eu besoin de se faire expliquer quoi que ce soit ayant trait aux sciences ontologiques, Françoise avait compris que Portal représentait une chance pour François, et un danger pour elle.

Les Books sont excellents, ce soir. Apparemment, leur manager leur a dit d'en mettre un coup. Ils ne lésinent pas sur les solos.

Philippe et Vic sont au fond de la salle, à côté du bar. Ils boivent du coca. De temps à autre, Vic saute sur ses pieds. Elle essaye d'apercevoir la scène.

Le pavillon Baltard regorge de la foule la plus juvénile et la plus excentrique. L'air sent le haschich, la bière et la transpiration. « Une soirée vraiment réussie », pense Vic. Elle a bien regardé, Philippe est l'un des types les plus mignons de la salle. Il n'y a acune doute possible là-dessus. Vic ne voudrait ni de ces chevelus aux yeux glauques, ni de ces rockers à petit ventre, ni de ces « fafs » aux oreilles bien dégagées. Elle a son Philippe, elle le garde !

— J'ai un peu faim, dit-elle. Tu me demandes un hot-dog ? Attends, je te donne...

Elle fouille dans son sac pour trouver son porte-monnaie, mais déjà Philippe est au bar, donne l'argent, revient avec le hot-dog. Philippe a ça de bien : il accélère et simplifie la vie, on dirait qu'il a quatre bras et six jambes. Il donne le hot-dog à Vic, empoche sa monnaie, regarde où en sont les Books, dit le nom du morceau que ceux-ci entament. Puis il s'arrête un moment. Il observe Vic, un peu à la façon dont celle-ci observe son hot-dog avant de mordre dedans. Il cherche le meilleur angle d'attaque, le meilleur morceau où planter ses dents.

C'est alors que Frédo apparaît, un hot-dog dans une main et une bière dans l'autre.

— On est toute une bande, dit-il.

— Tu connais Frédo ? demande Philippe, se tournant vers Vic.

— Oui, dit-elle.

Elle sourit. Enfin, ce sont ses lèvres qui sourient. Elle, elle reste à l'écart, savourant sa saucisse, heureuse d'être avec Philippe et pas avec Frédo, reposée par la musique hystérique des Books. Elle songe à Stéphane qui doit être en train d'assister seul à la fin du Ballet de Barychnikov. Pauvre Stéphane ! Elle aurait tout de même pu le prévenir. Mais elle n'y a pas pensé ! La raison en est simple : elle ne pense pratiquement jamais à Stéphane. Ce soir, c'est exceptionnel. Un mouvement de charité qu'elle ne s'explique pas bien.

— Super bon ! dit-elle, parlant du hot-dog. T'en veux un ?

— Non, non, dit Philippe, qui calcule qu'il lui reste trois francs pour finir la soirée. J'ai dévalisé le frigo avant de partir...

Ils s'embrassèrent pour la première fois à la fin du concert. Vic avait donné et reçu pas mal de baisers depuis sa première expérience avec Mathieu. Elle avait amélioré sa technique. En fait, au début, elle trouvait ça bizarre, presque désagréable, d'entrer dans le monde obscur, mou et humide qu'est la bouche d'un étranger. Maintenant, elle gardait les yeux ouverts. Et puis, elle n'entrait plus au hasard dans la bouche du garçon. Elle avait ses habitudes. D'abord sa langue furetait, allait ici et là, comme si elle espérait trouver quelque chose d'inattendu. Ensuite, elle s'enroulait lascivement autour de la langue du garçon, l'enveloppait, la caressait. C'était enfin la succion pure et simple. En fait, Vic avait une très bonne technique, bien meilleure, à la vérité, que celle de

Philippe. Mais Philippe avait autre chose : de la fougue, de la virilité. Il embrassait comme on boit quand on a très soif.

Autour d'eux, la foule scandait :

— Une autre ! Une autre !

Mais les Books ne reparurent point et les spectateurs s'égaillèrent dans les rues obscures de Nogent-sur-Marne. Vic et Philippe eurent leur bus de justesse. Ils montrèrent leur carte orange au conducteur, puis s'assirent au fond du bus :

— Fais voir, dit Philippe.

— Donnant-donnant.

Ils échangèrent leurs cartes.

— Tu as l'air d'une Japonaise... La sœur d'Isabelle Adjani et de Confucius.

— Toi aussi tu joues à ça ! On y joue tout le temps avec mon arrière-grand-mère...

— Moi, c'est avec ma mère. Elle a la manie des ressemblances. Elle habite Stuttgart...

— C'est pour ça que tu vas tout le temps en Allemagne.

— Comment tu sais ?... Ah, le passeport !... J'allais me rajouter deux ans et quatre centimètres. J'aurais eu l'air d'un con ! Maintenant, ajouta-t-il en jouant avec le foulard de Vic, tu sais tout de moi...

— Pas tout, non.

— Vas-y ! Plonge dans les ténèbres de ma vie.

— Catherine, c'est quoi ?

— Une copine.

— Une copine-copine ou une copine, heu...

— De toute façon, l'amitié entre garçons et filles, je n'y crois pas.

— Moi, si.

— Ne compte pas sur moi, dit Philippe, tendrement.

Ils s'embrassèrent. Elle posa ensuite une main sur la cuisse de Philippe, en commentant avec bonne humeur les paysages que l'autobus traversait.

— Regarde cette villa !

En effet, à droite de la chaussée, il y avait une maison à deux ou trois étages et dont toutes les fenêtres étaient allumées.

— Il y a sans doute une fête, dit Philippe d'une voix blanche.

Puis, de nouveau, les deux jeunes gens s'embrassèrent.

Le bus s'était arrêté. Le conducteur se retourna et clama :

— Saint-Maur ! Terminus !

— Saint-Maur ? s'écria Philippe. On n'est pas à la porte de Vincennes ?

— Eh non, mon gars !

Ce fut seulement à cet instant que Vic et Philippe prirent conscience qu'il pleuvait à torrents.

Comme souvent lorsqu'ils dînaient dehors, Françoise avait trop bu, François avait *beaucoup* trop bu. Dans l'ascenseur, il se querella avec sa femme, assurant qu'ils habitaient au quatrième étage. Françoise le somma de sortir de son coma éthylique. Il éclata de rire, ce qui donna à la jeune femme le temps d'appuyer sur le bouton marqué 3. Dans l'appartement, ils réveillèrent Samantha, qui était étendue sur les coussins du canapé.

— Ah, c'est vous ? fit-elle en se frottant les yeux.

— Vic n'est pas rentrée ? demanda Françoise.

— Non.

— A une heure vingt ! s'écria François, dégrisé.

— C'est vous qui me raccompagnez ? lui demanda Samantha

— Hein ? Ah, oui... Allons-y !

Samantha rassembla ses affaires. Trois minutes plus tard, ils étaient dans la Rancho.

— Dire qu'il y a un an, soupira la jeune fille, j'aurais donné n'importe quoi pour être seule avec vous dans une voiture, la nuit, comme ça...

— Ah oui, dit François, machinalement.

— Mais ne vous inquiétez pas, je ne suis plus amoureuse de vous.

— Quoi ?

— J'ai été très amoureuse de vous, vous savez.

— Ah non, dit François stupéfait. Je ne le savais pas.

— Il paraît que je faisais un transfert, parce que mon père, il est reporter, il n'est jamais là. C'est un ami de maman qui m'a dit ça, un psychologue.

— Heu... Et les études, ça va ?

— Je n'en ai rien à foutre des études ! J'essaie d'entrer au Conservatoire de danse. C'est dur, mais...

François arrêta la voiture devant l'immeuble de la jeune fille :

— Bon, ben à bientôt, j'espère... dit-elle, charmeuse.

— Au revoir, Samantha.

— *J'adore* quand vous dites mon prénom.

— Hein ?

— Dites-le encore !

— Quoi ?

— Mon prénom.

— Samantha ?

— Merci.

La jeune fille sortit de la voiture. François n'avait rien compris. De toute façon, il avait d'autres soucis ! Il rentra en vitesse à la maison. Quand il ouvrit la porte, il entendit Françoise appeler :

— Vic ?

François pénétra dans la chambre, demanda :

— Toujours pas là ?

— Non.

Il se déshabilla, non sans une certaine nervosité.

— Tu lui avais donné la permission de minuit ? demanda-t-il.

— Oui, enfin, minuit une heure...

— Minuit ou une heure ?

— Un concert de rock, ça peut finir tard.

— On peut toujour téléphoner ! Ça se passait où ?

— Pantin... Saint-Ouen... Je ne me souviens plus.

— Ta fille est dehors, en plein milieu de la nuit, et tu ne m'en as pas parlé ?

— Je t'en ai parlé ! s'écria Françoise, furieuse. Tu ne

m'écoutes pas... Depuis quelque temps, à la maison, t'es... t'es transit.

François regarda sa montre :

— Deux heures dix. J'appelle la police ?

— Attends encore.

— Elle va m'entendre, c'est moi qui te le dis !

On sonna à la porte. François se précipita et ouvrit à une Vic aux cheveux mouillés, un blouson de cuir sur les épaules.

— T'as cinquante francs ? demanda-t-elle.

— Tu veux une baffe ?

— C'est pour le taxi, je t'expliquerai...

— Tu as intérêt !

— S'il te plaît... Il attend...

François donna les cinquante francs et se mit à la fenêtre. Vic paya le taxi. Il y avait un garçon à côté d'elle. Le taxi partit. Le garçon attira Vic contre lui. François regardait ça avec des sentiments très mêlés. Il se demandait qui était ce type et rageait contre Vic qui n'était vraiment pas pressée de remonter !

Enfin, elle s'écarta du garçon, lui rendit le blouson, entra dans l'immeuble. François l'attendait devant la porte. Quand elle pénétra dans l'appartement, elle lui jeta un regard de totale lassitude :

— Vas-y..., dit-elle.

— A toi l'honneur, répliqua François, qui rongeait son frein.

— ... Bon, alors d'abord : le concert c'était génial. Ça a fini tard, on s'est trompé de bus...

— Non ! Avant tout ! Une règle : tu es malade, en panne, enceinte, droguée, t'as un coup dur : tu téléphones !

— Les coups durs, vous, les parents, vous ne pensez qu'à ça ! Y'a pas que les coups durs dans la vie !... Y peut y avoir plein de choses qui vous empêchent de téléphoner. On m'a piqué mon sac, on a marché, il pleuvait, on a fait du stop, on n'avait plus d'argent, mais ce n'étaient pas des coups durs, justement, parce qu'on était bien, j'étais heureuse et je n'avais pas envie de rentrer...

Vic se jeta soudain dans les bras de son père, qui ne fut

pas mécontent d'être dans la position dans laquelle il avait vu le garçon tout à l'heure, au bas de l'immeuble.

— ... Même, continua Vic, si je savais que vous seriez inquiets et que vous alliez m'engueuler !

— On verra ça demain matin, dit François, essayant de masquer son émotion, et surtout son désir d'être indulgent.

Vic disparut dans sa chambre. Finalement, elle s'en tirait à bon compte !

François rejoignit Françoise.

— Les emmerdements commencent, dit-il.

— Quoi ? demanda Françoise. Que s'est-il passé ?

— Elle est heureuse !

Samedi, Pénélope avait passé une mauvaise soirée. Rien de bien à la télé, et *la Chartreuse de Parme,* ce n'était pas aussi rigolo que *le Rouge et le Noir.* Elle avait laissé tomber à la page 124 (édition Folio). Ensuite, elle s'était tournée les pouces en se demandant si en ce moment Vic était dans les bras ou dans le lit de Philippe, ou dans les deux à la fois. Pour dormir, elle avait eu besoin d'un cachet de Donormyl.

Le lundi matin, en s'éveillant, elle se dit que, d'une manière ou d'une autre, il lui faudrait avoir l'air pimpant en arrivant au lycée. Elle se fit un shampooing, ce qui est très courageux pour quelqu'un qui sort de son lit. Elle choisit ses affaires avec soin et se maquilla légèrement les yeux.

Puis, dans le couloir du lycée Henri-IV, quand elle se trouva face à face avec Vic, la première chose qu'elle dit fut :

— J'ai rencontré un mec !

— C'est vrai ! fit Vic.

Visiblement, sa joie était sincère. Pénélope accusa le coup, puis :

— Le neveu du beau-frère du nouveau jules de maman. Il m'emmène aux Puces dimanche, son père vend des cheminées. Et toi, raconte...

— Plus de sortie jusqu'à Noël : je suis rentrée à trois heures.

Pénélope pâlit. Elle masqua aussitôt cette pâleur par un fin sourire de vraie cinéphile, et demanda :

— *Love Story* ou *Pyjama game* ?

— Je dirais plutôt *Singing in the rain*. Merde !

— Quoi ?

— Stéphane.

En effet, le jeune amateur de danse classique agitait les bras dans l'escalier. Il n'avait guère embelli depuis la dernière fois que Vic l'avait vu. Pris un par un, ses traits n'avaient rien de désagréable, mais tous ensemble, c'était une catastrophe !

— Je lui ai posé un lapin, samedi, chuchota Vic.

— Ce n'est pas sympa.

— Est-ce que je pouvais prévoir ?

— Tu aurais dû le prévenir...

— Complètement oublié, dit Vic, en pouffant derrière sa main.

Stéphane les rattrapa, leur emboîta le pas. Vic le regarda avec une vague tristesse.

— Que s'est-il passé ? demanda-t-il. Je t'ai attendue...

— Ben, tu l'as pas prévenu ? fit Vic, se tournant vers Pénélope.

« Elle ne m'a pas demandé de prévenir ! » songea celle-ci. C'était ce qu'elle allait dire, quand elle comprit que son amie était en train de monter un de ces coups tordus dont elle avait le secret. Elle préféra attendre la suite des événements.

— J'en étais sûre ! reprit Vic. T'exagères, ma vieille !

Puis, à Stéphane :

— J'aurais dû t'appeler moi-même.

Ça y était, Pénélope voyait le plan. Elle mit une seconde à choisir le côté par lequel elle le consoliderait, puis, se lança :

— 527 17 13. J'ai appelé au moins dix fois.

— 26, pas 27, dit Stéphane, morne.

— Ah, ben voilà ! firent ensemble les deux jeunes filles.

Elles étaient arrivées devant leur classe. Pénélope jeta un

coup d'œil, puis, un tout petit peu affolée, tira Vic par la manche.

— Pojot est déjà là ! dit-elle.

— Ce sera pour une autre fois alors, dit Stéphane.

— Au fait, c'était bien ? demanda Vic.

— Boaf. Il ne tenait pas la grande forme, Barychnikov.

— Désolée... Il faut que j'y aille.

— Ce sera pour une autre fois, alors ?...

— OK. Tu m'excuses, hein ?

« Tu es toute excusée, salope », pensa Stéphane. Il renifla et se dirigea vers la salle de TP de physique.

Les fêtes de Noël approchaient dangereusement. Vic n'avait pas un sou d'économie devant elle. Et puis, elle ne voyait pas du tout quoi offrir à ses parents. Ils avaient tout ce qu'il leur fallait ! Néanmoins, au début du mois de décembre, la jeune fille alla vendre une cinquantaine de livres de poche chez Gibert-Jeune et s'employa à deux ou trois reprises comme baby-sitter, métier dont elle connaissait toutes les subtilités depuis la naissance de Lucas. Munie d'une somme finalement rondelette, elle se rendit aux Galeries Lafayette pour acheter les traditionnels cadeaux.

Elle rencontra Poupette au rayon des disques. La vieille dame était en train de comtempler avec stupeur la pochette du dernier trente-trois tours de Jacques Higelin.

— Tu te mets au rock ? demanda Vic.

Poupette sourit, rangea le disque et dit à Vic :

— Allons prendre un thé.

Elles montèrent au dernier étage du magasin, là où les dames vont reposer leurs chevilles et les messieurs reluquer les chevilles des dames.

— Dis donc, dit Poupette, t'as les yeux qui frisent, toi... Toujours amoureuse ?

— Oui.

— Et...

— Et quoi ?

— Ben...
— Ah, ça...
— Ça, oui...
— Ben... non.
— Bon, fit la vieille dame soulagée. Maintenant, parlons de moi. Je suis dans la panade : Jean-Louis m'a demandée en mariage ! Qu'est-ce qu'on fait ?
— Depuis quarante-quatre ans, t'as eu le temps de réfléchir, non ?
— Mais pas du tout ! Y'avait Geneviève ! Une force de la nature, la fille d'Hercule et de Pauline Carton ! Jamais je n'aurais pensé qu'elle claquerait la première... Dix ans de moins que moi... D'ailleurs, lui aussi ! Je ne peux pas me marier avec un homme qui a sept ans de moins que moi.
— A votre âge, ça ne compte plus.
— Tu as raison, admit Poupctte.
La serveuse posa le thé, les tasses et les gâteaux sur la table.
— Et puis mes harpes, reprit Poupette, quand la serveuse se fut éloignée. Il n'y a pas la place chez lui pour mes harpes.
— Vivez chez toi.
— Ah non ! Chez moi... c'est... c'est chez moi.
— J'ai l'impression que tu ne veux pas te marier.
— « Le mariage, c'est l'art de ne pas résoudre à deux les problèmes qu'on ne se posait pas quand on était seul »... Sacha Guitry ou Tristan Bernard... Et tes parents, comment ça va ?
— Ils s'entraînent pour le concours de « stress ».
— De quoi ?
— Ça n'existait pas à ton époque... Ils ne se voient pas assez et, quand ils se voient, ils s'énervent...
Poupette sortit son poudrier et se refit une beauté.
— Faut y aller... Je joue à Gaveau à sept heures.
Elles se levèrent.
— Je voulais te dire..., fit Poupette. A propos de...
— Philippe.
— Oui. Souviens-toi, on se réveille éblouie ou dégoûtée, il n'y a pas de milieu ! Alors ne nous précipitons pas.

Vic acquiesça. Il y avait dans son regard une lueur de gravité qui rassura Poupette. Philippe ne se douta jamais que s'il dut attendre plusieurs mois avant de faire l'amour avec Vic, ce fut en grande partie à cause d'une phrase prononcée par une harpiste de quatre-vingt-quatre ans, un certain après-midi de décembre, dans le salon de thé des Galeries Lafayette.

Les mois passèrent, donc. Des mois que, par la suite, Vic devait se rappeler comme parmi les plus beaux de sa vie. Philippe avait accepté sans trop gémir la décision qu'elle avait prise d'attendre encore un peu avant de « sauter le pas ». Vic lui plaisait comme elle était, avec ses hésitations, ses silences, ses mystères, cette façon qu'elle avait de se donner pour mieux se reprendre, sa fougue dans les caresses, fougue aussitôt suivie d'une curieuse perplexité. Il ne savait jamais à quoi elle pensait. C'était tout juste s'il savait ce qu'elle pensait de lui. Il était surtout étonné par la façon dont elle ne voyait pas les autres garçons. Elle manifestait sa fidélité dans tous les moments de la journée. David Bowie, John Travolta ou Charlélie Couture auraient pu débarquer au milieu de la cour du lycée Henri-IV, aux commandes d'un hélicoptère équipé d'une chaîne stéréo et regorgeant de boîtes de coca-cola, Vic n'aurait même pas détourné les yeux de Philippe, s'il l'avait attendue à la sortie.

Du côté des parents, ça avait l'air de s'arranger. Françoise travaillait aux *Trente-neuf Taupes* et François élevait des rongeurs dans la salle de bains. Ils travaillaient trop pour avoir vraiment le temps de se disputer. Vic se demandait s'ils avaient le temps de faire l'amour. C'était la grande question, ça. Ses parents faisaient-ils souvent l'amour ? Quel jour ? A quelle heure ? Est-ce que ça durait longtemps ?

Françoise et François Berreton étaient au courant de

« l'histoire » que Vic avait avec Philippe Berthier, cela pour plusieurs raisons, dont la moindre n'était pas que Philippe passait pas mal de temps dans la chambre de Vic. François se demandait parfois ce qu'ils y faisaient ! Il y avait des moments où il ne pouvait pas résister ; il entrait chez Vic sous un prétexte quelconque, il ne trouvait plus le tome six de *l'Encyclopaedia Universalis* (« Qu'est-ce que tu veux que je fasse du tome six de *l'Encyclopaedia Universalis ?* » demandait alors Vic), ou bien il avait un besoin urgent du taille-crayon de sa fille. En règle générale, il trouvait les deux jeunes gens à une distance respectable l'un de l'autre. Vic faisait un devoir, Philippe lisait une revue, ou bien c'était Philippe qui faisait le devoir de Vic et elle qui lisait la revue. François ne les surprit jamais dans une position inconvenante. C'était peut-être une chance pour lui. Car, alors, qu'aurait-il fait ? En vérité, il se voyait mal en train de chasser le suborneur à l'aide d'un manche à balai !

Il y avait aussi les soirées que Vic passait à l'extérieur. Elle appelait généralement vers minuit, à la fin des programmes de télévision. A cette heure-là, c'était toujours François qui décrochait. Il y a une heure à partir de laquelle certaines femmes répugnent à décrocher le téléphone.

— Papa ? faisait Vic.

— Ouais, grognait François.

— Je ne te réveille pas ?

— Non. Pourquoi n'es-tu pas encore rentrée ?...

— Justement. Je t'appelais pour ça...

— Ah ouais ?

— C'est le pied, ici ! Je te jure !

— Et alors ?

— Eh ben...

— Tu veux rester, c'est ça ?

— Puisque c'est toi qui me le propose...

— Tu te crois drôle ? Rentre immédiatement !

C'était le moment où Françoise donnait un petit coup de coude à François, et lui adressait un regard qui signifiait à peu près : « Sois indulgent, elle est jeune, amoureuse, et elle ne risque pas grand-chose. »

— Philippe me raccompagnera ! plaidait Vic.

— Sur sa mob ! Autant réserver tout de suite un lit à Beaujon !

— Oh, papa...

— Bon... Tu comptes être là à quelle heure ?

— Je ne sais pas... Deux, trois heures...

— C'est d'accord pour deux heures...

— Papa, tu es génial !

— Deux heures, pas une minute de plus !

— Je t'adore.

— Je te préviens, il n'y a aucune raison pour que je ne me réveille pas quand tu rentreras, et si tu rentres après deux heures...

— D'accord. Je t'embrasse.

— Tu as bien compris, hein ?

— J'ai tout compris !

François raccrochait. Il embrassait Françoise sur les lèvres, puis se rendormait. Il était réveillé vers trois heures trente, par le retour de Vic. Il ne se levait pas. Il savait depuis longtemps que les femmes sont les plus fortes, que ça ne sert à rien de lutter.

A la fin d'une sombre et froide matinée de janvier, François appela Françoise de la salle de travaux pratiques, à la faculté dentaire.

— Le microscope s'est mis à chanter *la Marseillaise.*

— Et c'est joli ?

— Boaf !... Enfin, c'est génial, quoi.

— Tu parles comme Vic, maintenant ?

— Ça m'en a tout l'air... Bref, le problème, c'est qu'il faut qu'on se procure un antisérum, enfin un anticollagène. On n'en trouve qu'à Lyon, au CHU. Je file ce soir et j'en profiterai pour voir le professeur Portal, puisque...

Portal ! La menace se précisait. Françoise savait qu'elle ne pouvait à peu près rien contre elle.

— Allô, chérie ?

— Je suis là.

— Et toi, alors, ça va ?

— Il faut que j'aille à Angoulême demain.

— Pourquoi ?

— On a gagné l'Alfred. Le prix de la meilleure BD.

— Mais c'est formidable !

— Pour le dessin animé qu'on veut en tirer, ça aide, tu comprends.

— Tu penses, si je comprends... Seulement, je rentre demain, alors on va se croiser...

— Ce n'est pas la première fois, hein... Ne t'inquiète pas,

j'ai organisé les enfants avec Mme Monnet. Bon, là, je file, on passe chercher les éditeurs japonais au Royal-Monceau. On va déjeuner chez Corinto.

— Comment, chez Corinto ? fit brusquement François.

— Ils veulent bouffer italien, alors j'ai pensé...

— Ah, parce qu'en plus c'est toi qui...

— Mais qu'est-ce qui te prend ?

— Corinto c'est *notre* endroit, c'est l'endroit où... Tu ne vas pas emmener une bande de Japonais chez Corinto ! C'est drôle que tu...

— C'est enfantin, ça n'enlève rien à...

— Si tu ne comprends pas, c'est que...

— Exprime-toi clairement !

— Bon, dit François, assez sec. Tu as raison. C'est complètement idiot. Je t'appelle ce soir. Je t'embrasse.

Il raccrocha. Il regarda ses collègues Jean-Baptiste, Etienne et les autres qui étaient plongés dans l'observation d'une grille de microscope. Il se sentit loin d'eux, tout d'un coup.

François prenait toujours ses décisions à la va-vite. Il commença de déboutonner sa blouse.

— Qu'est-ce que tu fais ? lui demanda Etienne.

— T'occupe.

Cinq minutes plus tard, il était dans un taxi. Il trouva une agence de voyage ouverte dans l'avenue de l'Opéra. Il consulta divers prospectus. Il fit de rapides calculs au dos de l'un d'eux. Il donna ensuite un chèque de plus de dix mille francs en échange de deux billets d'avion. Puis il remonta l'avenue jusqu'à la place de l'Opéra. Il attendit une dizaine de minutes à la station de taxis jusqu'à ce que ce fût son tour. Il se fit conduire chez Corinto. Il arriva dans la rue du restaurant au moment même où Françoise, accompagnée de Gilles et des éditeurs japonais, y faisaient leur apparition. François demanda au taxi de l'attendre et descendit de voiture.

— Toi ? fit Françoise.

— Tu vois, dit-il.

— Mon mari, dit Françoise, se tournant vers les Japonais M. Toshiko Zusika... M. Fumi Ataki.

François aimait beaucoup les Japonais. Il appréciait leur calme, leur énergie, leur politesse. Il trouvait paradoxalement que les Japonaises avaient quelque chose de « parisien ». Un charme piquant, brillant, glaçant parfois.

Mais, ce jour-là, François était trop pressé pour dire tout le bien qu'il pensait de ce grand peuple. Il se contenta d'un bref : « Bonjour, bonjour ». Puis il prit le bras de Françoise et dit :

— Maintenant, tu dis au revoir et on s'en va.

— Mais tu es complètement fou ! On s'en va où ?

— En Afrique... L'avion est à quatre heures...

Puis, aux Japonais, François expliqua :

— Le temps de faire les bagages et de dire au revoir aux enfants...

L'excitant avec les gags de François, c'est qu'ils étaient toujours vrais, et plus ils étaient fous, plus ils étaient vrais. Souvent, les hommes vous amusent en disant quelque chose. François, depuis bientôt seize ans qu'il vivait avec Françoise, l'amusait en faisant des choses. Les pieds au mur, l'amour, un petit déjeuner, une escapade aux Antilles ou à Saint-Flour, un plat qui n'avait plus été préparé depuis la mort de Ramsès II, etc. On ne peut pas résister à un tel homme. Clapper de la langue, secouer de la tête, dire qu'il vous serre trop fort le poignet, hausser les épaules, pousser des soupirs furieux, tout ça, oui.

Mais résister, non.

A part son père, un an plus tôt, à la sortie du lycée, Vic n'a jamais vu quelqu'un qu'elle aime se faire taper dessus. Mais ce n'était pas une vraie bagarre, plutôt une bousculade molle, vaguement comique. Des coups qu'on avait le temps de voir partir et de voir arriver. Et puis, ça ne se passait pas à la salle Japy, où les gradins sont combles et où, dans un peu moins d'une demi-heure maintenant, Philippe Berthier, soixante-trois kilos, du Club sportif universitaire, va affronter Sven Bergen, soixante-trois kilos cinq cents, de l'Amsterdam sporting club.

La soirée a mal commencé pour Philippe. Vic n'était pas là. Il est allé se mettre en tenue, puis s'est installé dans les tribunes, non loin de l'entrée des vestiaires. Toujours pas de Vic. Elle avait pourtant juré qu'elle viendrait ! Elle ne manquait pas d'air : le laisser tomber un soir si important pour lui ! Mais il pouvait aussi lui être arrivé quelque chose. Impossible ! Elle ne se déplaçait qu'en bus. Les accidents de bus, ça n'arrive jamais ! Et si elle était malade ? Il ne voyait pas comment en trois heures elle aurait pu attraper une maladie assez grave pour l'empêcher de venir le voir combattre.

Philippe en était là de son raisonnement quand Vic apparut, le visage éclatant de santé. Il fit de grands signes à la jeune fille, qui le rejoignit. Ils s'embrassèrent.

— Qu'est-ce qui t'arrive ? demanda Philippe.

— Mes parents sont partis pour une semaine. Il a fallu que je leur dise au revoir et...

« Partis pour une semaine », pensa Philippe. Ça, c'était ce qu'il appelait une bonne nouvelle !

— Alors t'es toute seule...

— Enfin, il y a mon frère, rectifia Vic.

— Ce n'est pas lui qui nous dérangera...

— Il faudra lui donner le biberon.

— Ne t'inquiète pas pour ça.

— Et puis, une dame qui le garde.

— Elle dort chez vous ?

— Non... Enfin, elle n'est pas loin.

— On ne fera pas de bruit.

— D'accord, fit Vic, en appuyant sa joue contre l'épaule de Philippe.

Une grande brune interrompit leurs doux câlins. C'était l'inévitable Catherine. Elle n'encaissait pas le coup que lui avait fait Philippe en la plaquant, mais elle se montrait toujours cordiale avec lui. C'était surtout à Vic qu'elle réservait ses flèches. Les deux filles ne se voyaient pas souvent, mais quand elles se voyaient, un froid sibérien s'installait alentour. Alors que d'habitude elle luttait d'égale à égale avec sa rivale, Vic, ce soir-là, se sentit immédiatement en position d'infériorité, pour la bonne raison qu'elle ne connaissait rien à la boxe française. Catherine, au contraire, semblait une habituée de la salle Japy. Elle commentait les combats, se servant de mots dont Vic ignorait le sens.

Maintenant, Philippe est sur le tapis. Pas *allongé* sur le tapis. Non, il est encore debout. Il observe son challenger. Il a l'air méchant. Vic ne l'a jamais vu comme ça. Elle se dit qu'elle n'aimerait pas, un jour, avoir à se battre avec lui.

— Le Hollandais n'a aucune chance, glisse Frédo à l'oreille de Vic. Philippe a une jambe de frappe cent fois supérieure !

— Tout ce que j'espère, c'est qu'il ne se fasse pas mal.

— Il va l'écraser, fais-moi confiance !

Philippe attaque maintenant son adversaire, jambe d'appui tendue, pied en flexion pour une frappe avec le talon...

mais l'autre amortit le bras en « protection visage » et, de la jambe arrière, risposte en « fouetté figure ». Philippe, frappé au visage, s'écroule. La bande se lève comme un seul homme ! Philippe, le nez en sang, est couché inconscient sur le tapis. Des soigneurs se précipitent.

— Frédo, tu es un con ! s'écrie Vic.

Livres et cahiers sous le bras, Vic et Pénélope longeaient la façade de l'hôpital. Vic tenait un bouquet d'anémones à la main. De l'autre, elle montrait à Pénélope, sur son propre nez, les coups qu'avait reçus Philippe.

— Oh, la, la ! fit Pénélope.

— Plus traumatisme crânien, dit Vic.

— Mais... Il restera normal, tout de même ?

— J'espère ! Non, en fait, ce n'est rien, mais ils le gardent en observation.

— Juste la semaine où tes vieux sont partis : le destin fait la gueule.

Elles grimpèrent les marches de l'entrée.

— Et pour... comment elle s'appelle ? demanda Pénélope.

— Catherine, dit Vic, avec une répugnance marquée à sentir ces syllabes passer entre ses lèvres.

— Tu lui as mis le marché en main ?

— Il l'a plaquée. Ils ne se voient plus. Et avec ce type dont le père vend des cheminées, comment ça marche ?

— Thierry ? Largué.

— Toi ou lui ?

— Consentement mutuel.

Elles pénétrèrent dans le hall. Ce fut un moment pour lequel Vic éprouva beaucoup d'affection. Les cours étaient terminés. Elle se trouvait en compagnie de sa meilleure amie. Les anémones étaient ses fleurs préférées. Elle allait revoir le garçon qu'elle aimait. Et puis, patatras ! Il suffit d'une minute à Catherine pour transformer l'après-midi de Vic en cauchemar. Il lui suffit de sortir de l'ascenseur et de traverser le hall. Vic se figea. Pénélope ne sut trop quelle tête faire. Elle essaya de plaisanter :

— Le destin s'acharne.

Vic ne dit rien. Elle était très pâle. Un moment, Pénélope crut que son amie allait s'évanouir. Enfin, un hôpital, c'était encore le meilleur endroit où perdre connaissance. Mais Vic ne s'évanouit pas. Elle prit sur elle. Elle avait l'habitude. Elle souffrait tellement, à la maison !

Elle mit le bouquet d'anémones dans la main de Pénélope :

— Tiens... Vas-y si tu veux mais moi, si c'est pour jouer *Back street,* on a déjà donné dans la famille.

Elle partit en courant. Pénélope regarda les anémones. Ma foi, puisqu'elle était là... Elle se renseigna auprès d'une infirmière, prit l'ascenseur, dans lequel il y avait cette même écœurante odeur d'éther que dans le hall. Elle trouva sans peine la chambre de Philippe. Le jeune boxeur avait un gros pansement sur le nez. Ses yeux ressemblaient à ceux d'un cocker qui vient de recevoir une correction. Ils étaient tristes, mais sans hargne. On sentait bien qu'il s'agissait là d'un jeune cocker, pas encore prévenu contre la cruauté humaine.

— Bonjour, dit Pénélope.

— On... our, dit Philippe, péniblement.

— Ça va ?

— ...omme ci ...omme ça.

— Je t'apporte des anémones. Tu n'aurais pas un vase ?

— ...ic est ...as a...ec ...oi ?

— Non. Elle n'a pas pu venir. Elle n'avait pas fait son devoir de maths.

— ...on œil ! fit Philippe.

— Bon écoute, c'est vrai... Elle a vu Catherine sortir d'ici, elle a pensé que... Enfin, tu comprends...

— ... ah a a.

Ce qui, en nouveau langage « philippien », signifiait : ah, la, la.

L'infirmière entra alors dans la chambre, brandissant un thermomètre en hurlant :

— Il ne faut pas le faire parler ! C'est très mauvais pour son nez ! Filez d'ici, petite sotte !

— Mais, les anémones...

— Je m'en occupe !

Pénélope sortit sans demander son reste.

L'Afrique... François et Françoise découvraient le grand continent noir à dos de chameau, en jeep, à pied. Le soir, ils vagabondaient autour de l'hôtel, se mêlant à la foule avec une sorte de joie inquiète. Après leur promenade, ils dansaient, buvaient du champagne. Ils retrouvaient le goût des cérémonies, des lents retours vers la chambre, de la dernière cigarette fumée sur le balcon. Ils avaient de nouveau le temps de se caresser, de se parler.

Au bout de quatre jours, Françoise appela Vic. Apparemment, tout se passait bien à la maison. Lucas mangeait et dormait son quota. Il était à un âge où les parents comptent à peine plus qu'une bonne sieste.

— Et toi ? demanda Vic. Ça valait le coup de casser la tirelire ?

— Tu ne peux pas savoir ! J'ai l'impression que... que j'ai ton âge !

— Oh ça, c'est pourtant pas le pied...

— Ça ne va pas ?

— Si, fit Vic, maussade, si.

— Tu as vu Poupette ?

— Elle est en tournée dans le Sud-Ouest.

— Et Philippe ?

— Il est à l'hôpital. Il a le nez cassé. La boxe, tu sais...

— Mais ce n'est pas grave ?

— Non... Enfin, ça tombe mal... Je veux dire, il ne pourra pas aller en finale.

— Il n'y a pas de messages pour moi ?

— Non... Ah si ! Gilles a téléphoné, attends, je prends le papier... Voilà : M. Van der Bauer sera là vendredi pour la journée.

— Tu dis vendredi ?

— Qui c'est ce type ?

— Le producteur belge pour la maquette du dessin animé. Tu sais ce que tu vas faire, tu vas appeler Gilles... Non, laisse tomber, je vais l'appeler moi-même. Je t'embrasse.

Françoise raccrocha. Elle fit un autre numéro, obtint Gilles, son collaborateur, avec une facilité qui la laissa pantoise (elle avait mis trois quarts d'heure à joindre Vic) et dans laquelle elle crut reconnaître un signe du destin. Elle eut avec lui une brève conversation, d'où il ressortit que la présence de Françoise à Paris, vendredi, était souhaitable et peut-être même plus que souhaitable.

— Je vais réfléchir, dit Françoise.

— Au fait, c'est comment, l'Afrique ?

— Formidable !

— Tu m'appelles demain ?

— Promis. Je t'embrasse.

Françoise revint vers la piscine, au bord de laquelle elle passa avec son mari une journée plate et souriante, une journée comme on en vit seulement en vacances après quinze ans de mariage.

Le soir, sur la terrasse entourée de palmiers, ils dînèrent, puis dansèrent. La musique était lente, la lumière douce.

— Hum ! fit François. C'est bon !... Tu danses comme j'aime.

— On ne danse plus jamais... Tu te souviens, le Golf Drouot... Il y avait des soirs, on était tellement morts, on n'avait même plus la force de...

— Ça, ce n'est pas vrai !

— Il fait chaud, ce soir.

— Les alizés. Jeudi, ce sera la tempête !

— Ah bon ?

— C'est le plagiste qui me l'a dit. Ils savent, les gens du pays... Les chameaux ont des rhumatismes.

— Jeudi ?... On aura quand même eu six jours de beau temps... J'ai aussi parlé à Lucas. Il me manque, tu ne peux pas savoir.

— Moi aussi. Evidemment, un semaine, c'est long pour les enfants.

— Tu me parlais d'une tempête de sable...

— L'enfer ! Tout est recouvert : les maisons, les yeux.. avec tes yeux clairs, ta tendance à la conjonctivite... Et puis, les vols sont annulés...

Françoise se mit à hocher la tête en regardant son mari. celui-ci feignait de ne rien remarquer. Il se lovait contre elle, comme quelqu'un qui pense à l'amour. Françoise avait compris qu'il pensait à tout autre chose !

— Bref, dit-elle, tu as appelé le labo.

— Juste comme ça, pour...

— Le microscope ne serait-il pas en train de chanter *Reviens, veux-tu ?*

— C'est que, tu comprends...

D'abord embarrassé par la question de son épouse, François s'anima :

— En fait, les protéoglycanes se sont dissociés !

— Bon sang de bonsoir !

— Etiennne a même commencé à débrouiller les blocs.

— Sacré Etienne !

— Tu plaisantes, mais... Ils peuvent attendre jusqu'à vendredi, mais après ils risquent de tout paumer...

— On pourrait prendre l'avion jeudi.

— Oui, dit François, l'air un peu embêté. Il y en a un à...

— Seize heures quarante. Vol 404.

— Comment tu... ? Tu t'es renseignée ?

— Van der Vauer est à Paris vendredi. Il vaudrait mieux que j'y sois.

Amusé, suffoqué, un peu ébloui, François regardait sa femme, au visage si lisse et si limpide, sa femme dont, une fois de plus, il était le jouet consentant et le complice.

— Ah gue ! commença Lucas.

Pour un an, ce n'était pas si mal que ça.

— Ah gue ? fit Vic encourageante, en le sortant du parc qui trônait désormais au milieu de la chambre du petit garçon.

— Gue gue gue ! insista celui-ci.

— Stroumpf !

— Oumf !

— Non ! Stroumpf !

« Je deviens débile », pensa Vic. Des fois, elle aurait voulu avoir l'âge de Lucas. Porter une bavette, faire pipi au lit, jouer avec de la pâte à modeler. Ou alors être comme Françoise. Mais avoir quinze ans, c'était la barbe ! Pas de bavette, pas d'argent. La mauvaise passe, quoi.

— Gue ?

— Gue !

Le téléphone sonna.

— Je te raconte la suite dans deux minutes.

Elle sortit de la chambre. Le téléphone était comme d'habitude dans le salon, mais le salon n'était pas comme d'habitude. Copies et livres de classes s'étalaient en désordre sur le sol, devant la télé allumée, à côté d'un paquet de biscuits et d'un dessert à la semoule.

— Allô ?

— C'est moi...

— Philippe !
— Ouais. Tu vas bien ?
— C'est à toi qu'il faut demander ça.
— Je vais mieux, merci.
— Ça fait plaisir.
— Tu aurais pu venir me voir de temps en temps...
— Tu sais...
— Pénélope m'a dit, oui. Il paraît que tu t'es découvert une grande passion pour les maths.

Vic ne put s'empêcher de rire. Elle était folle de joie que Philippe l'appelle. Cela faisait presque une semaine qu'elle n'avait pas entendu sa voix. Elle se rendait compte maintenant à quel point cette voix avait pu lui manquer.

— Ecoute, reprit Philippe, je suis dans une cabine..
— Dans une cabine ?
— Je me suis tiré de l'hôpital.
— Mais... Et ton nez ? Ton traumatisme ?
— C'est toi mon traumatisme. Faut que je te voie.
— Tu t'es tiré... pour me voir ?
— Il ne fallait pas, peut-être...
— Si, dit Vic, troublée. Il fallait... Enfin, je veux dire, je suis très contente... Mais tu es sûr que ce n'est pas dangereux pour toi, ou ton... ?
— Mon nez ? Ecoute, ne t'inquiète pas de ça... Je suis avec Frédo... Y'a la fête à la Cité, pour la coupe. Tu viens me rejoindre.
— Ben c'est que...
— Vic, je t'aime.

Ça ne changeait rien au problème posé par Lucas, sauf que dans l'éventail des solutions possibles, Vic était maintenant décidée à choisir parmi celles qui arrangeaient plus Philippe que le bébé. Elle raccrocha, se mordilla l'ongle du pouce gauche pendant un peu moins de cinq secondes, puis composa le numéro de Pénélope.

Une heure plus tard, elle sonnait à la porte de l'appartement de sa copine. Lucas, qu'elle portait dans ses bras, était chaudement vêtu d'un manteau de laine.

— Entre, dit Pénélope.

— Chut ! Il dort...

Pénélope conduisit Vic dans la chambre où Samantha assise en tailleur à l'étage supérieur des lits gigognes, les attendait.

— Ta mère n'est pas rentrée ? demanda Vic.

— Pas encore, dit Pénélope.

— Voilà le plus beau ! fit Samantha, en montrant Lucas.

— Chut !... Il dort !

— Attends, je le prends...

— Et la mère Monnet, t'as pas pu ? demanda Pénélope.

— C'est l'agent secret de mes parents, elle leur raconterait tout.

Puis, Vic écarta les bras et demanda :

— Comment tu trouves ?

Elle portait une mini-jupe et un blouson en jean.

— Un peu courte pour robe de mariée.

— Robe de mariée ?

— Ben oui, quoi... Ce n'est pas ce soir que... ?

Vic haussa les épaules :

— Ecoute, je n'en sais rien... Bon alors, merci...

Pénélope la raccompagna à l'entrée :

— Tu viens le chercher à quelle heure ?

— C'est que...

Pénélope fit la moue. Et puis, après tout, la vie, c'est chacun son tour... Il fallait accepter ça.

Elle donna à Vic la clé de l'appartement :

— Tu rentres, tu le kidnappes, ni vu ni connu.

— Merci, salut !

— Et bonne chance !

Vic hèle un taxi. Elle n'a pas envie de prendre le métro si tard, avec une jupe si courte. Installée sur la banquette, elle se rend compte que c'est la première fois qu'elle est seule dans un taxi. Elle imagine que c'est une voiture de maître, et que c'est elle le maître. Au lieu de dire « Cité universitaire », elle a envie de murmurer : « Chez mon amant,

Antoine ». Quand Vic aura un chauffeur, elle l'appellera Antoine, que ça lui plaise ou non !

Paris défile derrière les vitres. De rares passants sur les trotoires. Vic regarde les immeubles. Tous ces gens qui vivent les uns au-dessus des autres. Et quand ils sont tous couchés, quel formidable sandwich à la viande et au béton !

A la Cité universitaire, comme Philippe l'avait promis, c'est la fête des boxeurs. Que certains danseurs aient un coquart, ou que certaines danseuses pleurnichent dans un coin parce que leur fiancé n'a pas pu venir à cause d'une mauvaise blessure au pied, n'empêche pas l'atmosphère d'être à la pure gaieté. Vic et Philippe se rejoignent derrière l'estrade.

— A kiss, please, fait Philippe en tendant les lèvres, comme s'il était parfaitement conscient de mériter une récompense pour son escapade.

— Alors, you love me ?

— Et oui, il va falloir t'y faire.

— You love *me* et personne d'autre ?

— Personne d'autre.

Ils s'embrassent. Ça dure plutôt moins longtemps que d'habitude. Ce n'est pas un baiser pour le plaisir, c'est un baiser pour un pacte. On s'aime, tope là !

Maintenant, ils dansent. Ils ferment les yeux, ou se regardent, mais c'est tout, un commando de terroristes palestiniens pourrait prendre position sur les lieux, ils ne s'apercevraient même pas qu'ils marchent sur des morts ! Le monde, comme toujours lorsqu'ils sont ensemble, leur devient étranger. Ils dansent, ils tanguent, ils flottent... Et puis, ils s'embrassent de nouveau, un vrai baiser d'amants venant après un vrai baiser d'époux... Ils se serrent plus fort l'un contre l'autre. Vic est à la fois ravie et gênée par l'évidence du désir de Philippe.

— Tes parents rentrent après-demain ? demande-t-il, ses lèvres chaudes collées contre l'oreille de Vic.

— Oui...

— Alors, t'as toute la nuit ?
— Oui.
— Et..
— Oui.

Les Berreton, bronzés et joviaux une minute plus tôt, au moment où ils passaient la porte de leur appartement, ravis à l'idée d'embrasser Lucas et de raconter à Vic leurs somptueuses vacances, les Berreton étaient maintenant nettement moins joviaux et un tout petit peu moins bronzés.

Ils s'attendaient à ce que Vic, en chemise de nuit et les yeux mi-clos, vînt leur ouvrir, mais ils eurent beau sonner et sonner encore, la porte resta close... François dut sortir ses clés.

Ils posèrent leurs valises dans l'entrée. Françoise se rua dans la chambre de Lucas, François dans celle de Vic. Elles étaient vides toutes les deux !

— A minuit ! fit Françoise. Où sont-ils ?

— Elle ne l'a quand même pas emmené à une boum !

François sortit son carnet d'adresses de l'une des poches extérieures de son sac de voyage, s'arrêta sur le numéro de la mère de Pénélope et décrocha le téléphone. Ce fut Samantha qui répondit.

— Mme Fontanet n'est pas là, dit-elle. C'est de la part de qui ?

— Le père de Vic... C'est Pénélope ?

— Non, c'est Samantha... vous vouliez parler à Pénélope ?

— Oui.

— Elle est sortie avec maman. Vous étiez en Afrique, non ? C'était génial ?...

— Oui, oui... Vic, tu ne sais pas où elle est, par hasard ?

— Non, pourquoi ? Elle n'est pas là.

— Merci.

François raccrocha. Il s'installa avec Françoise à côté du téléphone et attendit. Une dizaine de minutes plus tard, Mme Fontanet les appelait pour leur dire qu'elle avait trouvé Lucas dans le lit de Pénélope, ce qui n'était compromettant ni pour l'un ni pour l'autre, mais indiquait clairement que le gang des deux amies avait encore fomenté un coup dont il était urgent de connaître la nature et les objectifs !

A six dans une R 5, il faut se serrer, même s'il n'y a pas d'obèse dans l'équipe. Ça ne déplaisait pas à Vic de se serrer contre Philippe, mais ça lui déplaisait que Frédo se serre contre elle. Il y avait autre chose qui la gênait, c'était de devoir sortir de la voiture avec Philippe devant tout le monde. Il n'y avait aucune autre solution, si elle voulait sortir de la voiture *en même temps* que Philippe. Ça l'embêtait beaucoup. Elle se demandait même si elle n'allait pas renoncer, tout simplement. Rentrer chez elle, boire un *litre* de coca et dormir jusqu'à la nuit des temps !

Le moment tant redouté arriva. Les moments, qu'ils soient ou non redoutés, finissent toujours par arriver.

— Maubert-Saint-Germain ! fit Frédo. Arrêt facultatif !

Philippe descendit. Il se tourna vers Vic. Il lui tendit la main, la regardant, ardent, interrogateur. Le silence s'installa dans la voiture. Vic hésitait encore. Ses amis crurent qu'elle désirait rester avec eux. Le conducteur passa la première.

— Attends ! dit Frédo, qui comprenait bien la situation.

Vic se dit que si maintenant elle ne rejoignait pas Philippe sur le trottoir, elle le regretterait toute sa vie. L'idée de regretter quelque chose toute sa vie l'angoissa tellement qu'elle bondit hors de la voiture. C'était sans doute ce qui s'appelait « sauter le pas »

Les ennuis commencèrent dans l'escalier. Vic ne se souvenait pas qu'il était si raide, si vétuste. On entendait un robinet couler. La minuterie s'éteignit. Ce fut à ce moment que Vic se dit qu'elle garderait peut-être un mauvais souvenir de sa première nuit d'amour, si elle la passait dans cet immeuble, et elle craignait autant les mauvais souvenirs que les regrets !

Enfin, il ne fallait pas exagérer, elle ne passerait pas la nuit dans l'escalier, il fallait attendre d'être dans la *chambre.*

Au quatrième étage, elle s'immobilisa. Elle n'avait plus de souffle, et puis, elle avait quelque chose à dire avant de monter plus haut.

— Tu es fatiguée ? demanda Philippe.

— Un peu.

— On y est presque !

— Philippe...

— Attends, je vais rallumer.

— Non !

C'est toujours plus facile dans le noir. Vic reprit sa respiration, puis :

— Tu sais, je n'ai jamais... Enfin, je n'ai pas encore... Tu comprends !

— Oui, dit Philippe, doucement.

— Un jour, il y a deux ans, j'ai failli... Il s'appelait Mathieu... J'avais l'impression que... Enfin, je l'aimais, et puis c'est parti, c'est parti si vite que...

— Viens.

Elle se laissa entraîner vers le sixième étage. Il y avait une affiche de boxe française sur la porte de la chambre de Philippe. Elle regarda cette affiche avec intensité, comme si elle allait lui fournir la clé de quelque chose.

A propos de clé, Philippe ne trouvait pas la sienne !

— Ce n'est pas vrai ! gémissait-il. Ce n'est pas vrai !

— Quand ils t'ont emmené à l'hôpital, tu l'avais ?

— L'hôpital ! Ils ont vidé mes poches ! L'infirmière me l'a dit ! Merrrde !

Le chagrin semblait ravager Philippe. Pour être drôle, Vic dit, de sa plus petite voix :

— On peut peut-être demander son double à Catherine...
— Le jour où je donnerai ma clé à une nana...
— Ah bon.
— Pas de panique, fit Philippe. On va y arriver !
Il se frotta le menton, puis demanda à Vic si elle avait une lime à ongles. Vic sortit la lime de son sac et la lui tendit. Philippe se mit au travail. Au bout d'une dizaine de minutes, elle dit qu'elle avait froid. Philippe enleva son blouson et le posa sur les épaules de la jeune fille. Ils s'embrassèrent. Puis, Philippe, avec une obstination que Vic jugea admirable, retourna s'acharner contre la porte. Cinq autres minutes passèrent. La serrure ne cédait toujours pas. Philipe rendit la lime à Vic et regarda la porte de la même façon que, quelques jours plus tôt, il avait regardé Sven Bergen, soixante-trois kilos cinq cents, de l'Amsterdam sporting club.
— T'es fou ! dit Vic. Tu ne vas pas ? !
— Si. Je vais !
Il prit son élan et se jeta sur la porte, l'épaule en avant.
— Aïe ! fit Vic.
Un autre « aïe » lui répondit. Philippe était effondré dans la chambre, la porte béante, serrure arrachée. Vic savait qu'une jeune fille gentille aurait dû se précipiter vers lui pour lui demander s'il avait mal. Mais Vic n'était pas une jeune fille gentille, ce soir-là. Elle était une jeune fille anxieuse. Et puis, elle ne voulait pas faire l'amour pour la première fois dans les courants d'air ! Tout cela, qui lui paraissait normal, mais dont elle devinait que cela paraîtrait injuste et cruel à Philippe, la poussa à se lever, à poser le blouson de Philippe sur l'angle de la rampe et à descendre l'escalier en toute hâte. La minuterie venait de s'éteindre. Vic avait peur de tomber, mais encore plus d'être rattrapée par Philippe. Elle ne saurait pas lui expliquer. Peut-être même céderait-elle à l'insistance du garçon, remonterait l'escalier, aiderait Philippe à bloquer la porte cassée...
— Vic !
Elle ne répondit pas.
— Vic !
La minuterie s'était rallumée. Vic songea qu'elle ne pou-

vait pas partir comme ça, sans donner, par un moyen ou un autre, la plus petite explication. Et puis, elle se rendait bien compte que Philippe ne la poursuivait pas, qu'il se contentait de regarder sa petite main courir sur la rampe d'escalier. Elle imagina sa déception. Elle eut pitié de lui.

Elle s'arrêta, leva la tête, sourit. Elle essaya de faire comprendre à Philippe qu'elle lui demandait pardon et que ce départ n'était pas définitif. Philippe sourit à son tour, conciliant, amical.

Il avait compris.

Les rues sont vides. Dans la nuit épaisse et silencieuse, Vic marche. Elle a froid, un peu peur. Elle est impatiente d'arriver chez Pénélope, de récupérer Lucas et de rentrer chez elle.

Elle ne se cache pas que le bilan de cette soirée est catastrophique. Elle voit d'ici la tête que fera Pénélope, tout à l'heure : « Comment ? Déjà ? Oh, ma pauvre... Tu n'as vraiment pas de chance ! A croire que tu n'y arriveras jamais... » Ça, il faudra le supporter, mais c'est ça ou les courants d'air, la chambre humide et le reste. Vic serrera les dents. Elle inventera quelque chose. Un évanouissement de Philippe, dû à son départ trop rapide de l'hôpital. Un coup de téléphone annonçant à Philippe que son père a eu un accident. Elle trouvera bien. L'art de mentir, elle tient ça de François. L'art d'être sincère aussi, d'ailleurs.

Il y a une Rancho garée devant l'immeuble de Pénélope. Vic ne met pas longtemps à s'apercevoir que c'est celle de ses parents. « Aïe ! » dit-elle, pour la deuxième fois de la soirée, mais là il lui apparaît que la situation est beaucoup plus grave que tout à l'heure. Elle se sent comme un jour où le professeur donne les notes des compositions, quand elle sait qu'elle a rendu copie blanche.

Son père est assis au volant. Il tourne la tête vers elle. Son visage n'exprime rien.

François ouvre la portière arrière. Vic monte dans la voiture.

— Tu as fait le mur tous les soirs ? demande-t-il.

— Non. Ce soir.

— Où étais-tu ? Avec qui ? fait François méchamment.

— On n'est pas en Sicile, papa...

— Non. En Sicile, on serait déjà à l'église ou au cimetière. Comme aucune de ces deux solutions n'est envisageable, qu'est-ce que tu proposes ?

— Je vais t'expliquer ce qui s'est passé.

— Ah non ! Ça, ça marchait avant.

— Avant quoi ?

— Quand j'avais confiance en toi.

Françoise sort de l'immeuble, Lucas dans les bras. Elle aperçoit Vic à l'intérieur de la voiture et marque une seconde de surprise. Elle ouvre la portière, s'installe à l'avant :

— Enfin, Vic, est-ce que tu te rends compte ! Tu es complètement inconsciente ! Balader cet enfant en pleine nuit dans...

— Je ne l'ai pas abandonné sur les marches d'une église.

— Qu'est-ce qui s'est passé ?

— J'étais avec Philippe.

— Il n'est plus à l'hôpital, celui-là ? fit François.

— Et je n'ai pas coucher avec lui, puisqu'il n'y a que ça qui vous intéresse !...

— Il n'y a pas que ça qui nous intéresse, dit Françoise. D'abord, il y a une question de confiance. Tu n'as pas le droit de sortir en semaine et tu profites que...

— Et tout ça avec sept de moyenne au trimestre ! dit François.

— Ça, les...

— Ne me dis pas que les autres ont six, je n'en ai rien à foutre !

— De toute façon, les études, si c'est pour en arriver...

— Si c'est pour en arriver où ?

— A... à... à ne plus être capable de profiter de huit jours de vacances avec quelqu'un qu'on aime sans rentrer en avance parce que, parce que... Qu'est-ce qui s'est passé ? Une de tes souris couve une hépatite ?

— Vic ! dit Françoise.

— Je m'excuse.

Les yeux de Vic commencent à la picoter. Tout ça a débuté si gaiement et finit si tristement… Elle poursuit, un ton moins haut :

— … Je ne voulais pas dire ça. C'est parce que vous m'engueulez… Et vous ne savez même pas pourquoi j'ai fait ça… Et ce que j'ai sur le cœur, et pourquoi je ne sais pas où j'en suis… Et Lucas, je lui ai mis son bonnet, j'ai apporté du jus d'orange et… je, je revenais le chercher.

Elle se tait, étouffée par les larmes. Les époux Berreton se regardent. Toujours difficile de crier sur quelqu'un qui pleure. François choisit de mettre le contact en soupirant, l'air de dire : « Comme tout ça me fatigue, mon Dieu ! »

Le lendemain, Vic, Pénélope, Géraldine et Caroline déjeunèrent ensemble au snack, en face du lycée. Pénélope connaissait toutes les mésaventures de Vic depuis le début de la matinée. Elles avaient été leur grand sujet de conversation du cours de français, de neuf à dix heures.

— Depuis que je me suis fait piquer à Prisu, dit Géraldine à Vic, tu sais, avec les vingt-trois fards à paupières, à la maison le couvre-feu est à onze heures.

Philippe entra dans le café et se dirigea vers la table occupée par les quatre filles.

— Ce n'est pas fini, alors ? demanda Pénélope à son amie.

— Je ne t'ai jamais dit ça... Avec toi, ou on couche, ou on se plaque...

— Ben oui !

— Ben non !

Philippe arriva à la table. Il se fit appeler « champion ». On l'embrassa sur les joues (Vic nota que Géraldine déviait dangereusement vers la commissure des lèvres). On lui demanda s'il avait mal au nez. Il répondit que non, qu'il n'avait plus mal nulle part. « Il y a quand même un endroit où ça doit le démanger salement », pensa Pénélope.

— C'est sympa d'être venu, dit Vic, après que Philippe se fut assis à côté d'elle et l'eut embrassée.

— Je n'ai pas entraînement pendant deux semaines. Café ? fit-il à la ronde.

La ronde acquiesça. Philippe commanda quatre cafés.

— T'es en terminale, toi ? lui demanda Caroline.

— Oui. A Montaigne.

Puis, vers Vic :

— Tu es bien rentrée, l'autre soir ?

— Pas de problème. Tu as retrouvé ta clé ?

— Oui. Je fais faire un double ?

Vic le regarda, surprise. Elle allait répondre quand Samantha et deux de ses copines surgirent à la table. Elles étaient chargées de tout un attirail de seaux, d'éponges, de lave-vitres et de serpillières.

— Devinez qui je viens de rencontrer ? fit-elle.

— Jean-Paul II ! dit Philippe.

— Non.

— Le Messie ! dit quelqu'un d'autre.

— Presque.

— Jean-Paul Belmondo ? fit Géraldine.

— Vous brûlez !

— Delon, dit Pénélope.

— Non.

Samantha regarda Vic, puis :

— Ma-thieu.

— Sans blague ? dit Caroline. Où ça ? Il n'est plus aux Antilles ?

— Au carrefour Mabillon. On s'est fait cinquante balles à nous trois. On était en train de nettoyer la vitre d'un mec, un taré qui nous a filé vingt centimes... Bref, qui s'arrête à côté en moto ? Mathieu ! Su-perbe ! Il m'a posé plein de questions sur...

Samantha jeta à Vic un regard qui ne laissa aucun doute sur la personne dont Mathieu avait été le plus curieux.

— ... la bande, les copains... Il va faire une boum le mois prochain pour fêter son retour... Et il m'a même invitée, moi !

— Tu verras, dit Pénélope à Philippe, il est vachement sympa.

Elle savait ce qu'elle faisait, Pénélope ! Elle savait que n'importe quel garçon supporte mal qu'on dise d'un autre garçon qu'il est « vachement sympa », à plus forte raison s'il sait que sa petite amie en a été, quelques mois plus tôt, follement amoureuse.

— Pourquoi je verrai ? dit Philippe, pincé. Je ne suis pas invité.

— Mais moi, je suis invitée, dit Vic, et je n'y vais pas sans toi.

Elle posa la main sur la cuisse de Philippe. Cette manie qu'elle avait.

Stéphane fit alors son apparition. Il bombait le torse.

— Vous ne devinerez jamais qui est à Paris ! dit-il, triomphant.

Tous répondirent :

— Mathieu !

Stéphane eut l'air d'un imbécile. C'était une habitude.

Dans le TGV, François Berreton et Etienne, son collègue, s'installèrent face à face. Ils parlèrent de Vic avant, pendant et après le départ.

— Elle a bientôt seize ans, qu'est-ce que tu veux ! disait Etienne. Et puis, c'est vrai, maintenant avec la pilule les risques sont limités.

— Oui, il n'y a plus que les accidents de moto, le racket, la drogue et les cons.

Puis, tandis qu'une hôtesse leur apportait les plateaux-repas, ils changèrent de sujet de conversation. Ils parlèrent d'eux.

— Pour notre déménagement à Lyon, tu vas annoncer la couleur à Françoise ce soir ? demanda Etienne.

— Le plus tôt possible. Tu ne crois pas ?

— Elle se doute ?

— Non. Elle sait que Portal s'intéresse à mes travaux, mais de là à imaginer que...

Il y avait un yorkshire dans le wagon. Il était installé dans un sac Vuitton. Le sac Vuitton se trouvait sur les genoux d'une jeune femme blonde qu'Etienne se mit à regarder avec intensité.

François soupira :

— Ah, ça ne va pas être facile ! Enfin...

— Qu'est-ce que tu veux...

Etienne commença par draguer le yorkshire. Il lui fit de

petits signes amicaux de la main. Il regretta vivement de ne pas avoir cent grammes de bœuf haché dans la poche.

— Je peux savoir ce que tu fais, là ? demanda François intrigué par les mimiques de son ami.

— Mais... je t'écoute.

— Tu comprends, travailler avec ce type, c'est considérable pour moi... Hé !

— Oui ?

— Est-ce que tu prêtes une vague attention à ce que je raconte ?

— Mais oui... Considérable pour toi. Travailler avec Portal. J'ai tout entendu.

François se retourna et comprit enfin ce qui agitait Etienne.

Mathieu avait un frère, et son frère un studio qui se trouvait dans le quartier de Beaubourg. Il était composé en tout et pour tout, comme la plupart des studios, d'une grande pièce assez vide. Il y avait quelques projecteurs, un grand déroulant de papier glacé, un buffet sur tréteaux et quelques poufs informes. Se trouvaient là Joëlle, Anne, Sophie, Caroline, Géraldine, Marc, Lydia et Jean-Pierre. Ils discutaient ferme en préparant des toasts, des quiches et des programmes musicaux.

— Tout le monde est là ? demanda Odile, la jolie belle-sœur de Mathieu.

— Non, dit celui-ci.

— Il manque qui ?

— Vic.

— Vic ?

— Le grand amour de Mathieu, expliqua Jean-Pierre.

— Mon Dieu ! fit Odile. Mathieu a eu un grand amour ? Mais je ne le savais pas ! Elle est belle au moins ?

— Splendide ! dit Jean-Pierre enthousiaste.

— Arrête tes conneries, tu veux ? dit Mathieu.

On sonna. Mathieu alla ouvrir. Vic, Philippe, Pénélope,

Samantha et un type de douze-treize ans, l'air passablement teigneux, entrèrent.

— Salut ! dit Vic avec la plus grande gaieté.

Elle embrassa Mathieu, puis fit les présentations :

— Mathieu... Philippe...

La poignée de main fut froide.

La boum commença. On donna à fumer de l'herbe de Provence à des types, en leur faisant croire que ça venait des Andes. On dansa. Stéphane fit une démonstration de sa nouvelle manière de danser le jerk. On détourna pudiquement la tête. Philippe restait dans son coin. Ça agaçait Vic. Elle aurait voulu qu'il s'amuse autant qu'elle, qu'il rie *avec* elle — qu'il lui fasse honneur devant Mahtieu. Mais ça semblait être le cadet de ses soucis. Il regardait tout ça d'un œil désagréablement morne.

Un moment, ils se retrouvèrent côte à côte devant le buffet. Vic échangea quelques mots avec Marc.

— Qui c'est celui-là ? demanda Philippe.

— Je suis sortie avec lui il y a deux ans...

— Qu'est-ce que tu faisais il y a deux ans, à part les mecs ?

— Tu as besoin d'être grossier, ou bien c'est simplement pour te distraire ?

— Partons d'ici, Vic. J'en ai assez.

— Non. Je reste. Ce sont mes amis. Ils m'ont invitée. Je dois rester. D'ailleurs, moi, je m'amuse beaucoup...

Stéphane s'approcha d'eux, les doigts noués, se balançant d'un pied sur l'autre. Il invita Vic à danser.

— Oui, dit-elle.

Il la prit dans ses bras, stupéfait.

Le TGV filait maintenant à deux cent soixante kilomètres heure entre Dijon et Lyon. François et Etienne terminaient tranquillement leur café.

— Pour les problèmes de fric, expliquait le premier, elle est formidable, Françoise...

Il avait compris depuis le début du repas qu'Etienne ne l'écoutait que d'une oreille. Ça ne le gênait pas. Il parlait surtout pour lui-même.

Il continua :

— Et puis, ça marche bien pour elle, tu sais... Remarque, elle a un boulot qu'elle peut faire n'importe où...

— N'importe où...

— Ce n'est pas la peine de répéter ce que je dis.

— Mais je ne répète pas...

— Alors, qu'est-ce que tu fais ?

— Ben, je t'écoute...

— Mouais.

— Elle a une de ces paires de seins, la blonde !

François se retourna.

— Exact, dit-il sur un ton neutre.

Puis :

— A Paris, l'appartement c'est bien, mais avec le bébé c'est un peu exigu. Tandis que : jardin, atelier pour elle au troisième, vue sur le Rhône.

— Important, ça, la vue...

— J'ai dit : sur le Rhône. Pas sur la paire de seins de la blonde.

— J'ai bien compris, fit Etienne, vexé.

— Si tu veux mon avis, avec la tête qu'elles ont, elles viennent de faire deux passes à Lyon.

— Tu crois ?

— On parie combien ?

— Si tu te trompes, la blonde est pour moi.

— Tope là.

On en avait fini avec les rocks. Les slows commencèrent. Vic ne comprit pas comment ça s'était goupillé, mais elle se retrouva dans les bras de Mathieu tandis que Philippe s'était mis à bavarder avec Lydia. Quant à Stéphane, il faisait une cour intensive à Joëlle. Celle-ci finit par lui avouer :

— Mardi, je passe mon bac natation. J'ai une trouille !

— C'est rien !

— Je ne sais pas nager.

— Je te prêterai ma bouée.

— Tu sais que tu es un marrant, toi ?

A l'autre bout de la pièce, Samantha et son cavalier s'embrassaient. Ce n'était pas la première expérience du genre que faisait Samantha, mais enfin, ça n'en était pas loin. Patrick embrassait bien, pas de doute là-dessus. Le baiser efficace, puissant. Sans bave ni bavure. Parfois, il en faisait un peu trop dans le genre viril. Samantha n'aimait pas quand il lui mordait les lèvres. D'abord, elle avait mal, et puis elle craignait de se mettre à saigner.

— Ben, ne te gêne pas !

Samantha reconnut la voix de Pénélope. Ah ! les grandes sœurs, si seulement on pouvait les fourrer aux marrons, les mettre au congélateur et attendre le réveillon de Noël pour les dévorer !

— J'ai treize ans ! dit Samantha. Fais pas chier !

Pénélope haussa les épaules et s'éloigna.

Il se produisit alors un événement qui, d'une façon détournée, mais avec une efficacité implacable, devait encore retarder le moment où Vic et Philippe quitteraient les rivages agréables mais maintenant trop explorés du « flirt » pour aborder ceux, mystérieux et excitants, de la « liaison ».

Les ennuis commencent tous plus ou moins par un coup de sonnette. Télégramme vous apprenant la mort d'un proche, lettre recommandée entérinant votre ruine, huissier de justice se présentant à votre porte et cherchant, avant même que vous lui ayez dit bonjour et qu'il ait décliné son identité, à voir derrière votre épaule ce qu'il y a à saisir dans les douze mètres carrés où vous vivez depuis bientôt dix ans.

Là aussi, ce fut par un coup de sonnette que le processus fatal s'engagea. Des amis d'Olivier, le frère de Mathieu, entrèrent. Parmi eux, il y avait Félix, à côté duquel Philippe, dans les yeux de Vic, se transforma, l'espace d'un instant, en enfant fade et boudeur. Félix avait vingt-cinq ans environ et une montre Cartier au poignet. Il donnait l'impression d'avoir beaucoup vécu, et celle, tout aussi attirante pour une jeune fille d'avoir encore beaucoup à vivre.

Tandis que les autres entamaient une partie de « bouchon », jeu complexe et retors dont les élèves du lycée Henri-IV ont fait depuis quelques années leur spécialité, Félix s'assit au piano et improvisa un « medley » dans lequel Vic, qui avait quitté le jeu pour rejoindre le groupe des « grands », reconnut des airs de Gershwin et de Keith Jarrett. Félix lui sourit comme personne ne lui avait jamais souri jusque-là, un peu de la façon dont son père souriait à sa mère, parfois, en fin de soirée.

— On va au New-Morning, dit-il, écouter un groupe de rythm and blues. Tu viens avec nous ?...

— Ben, c'est-à-dire que...

Elle jeta un coup d'œil vers Philippe.

— Je comprends, dit Félix. Un autre soir, alors... ?

— Je ne sais pas. Ça dépend.

— ... Tu me passes un coup de fil, Olivier a mon numéro.

« Compte là-dessus mon mignon », pensa Vic.

— Tu viens, Félix ? fit une fille, près de la porte.

Félix disparut au moment où Philippe apparut à côté de Vic, beau mais les mâchoires trop serrées, les yeux trop soucieux.

— Qu'est-ce qu'il voulait, ce type ? demanda-t-il.

— Me draguer, qu'est-ce que tu crois !

Quand le TGV entra en gare, Etienne proposa à Zoé et Betty, avec lesquelles il venait d'échanger quelques propos sur les changements atmosphériques entre Paris et Lyon, de leur porter leurs deux sacs. Elles acceptèrent. François assista à cette scène avec désolation. Ni Zoé, ni Betty ne lui plaisait. Sur le quai, il dit à l'oreille d'Etienne :

— Ce sont deux putes...

— Tu te répètes.

— Ça ne te gêne pas ?

— Tu veux te taire, toi ? dit Etienne au yorkshire, qui ne

pouvait voir l'ombre d'un museau de chien sans se mettre à faire un vacarme du diable.

Zoé s'approcha :

— Mimi, si tu continues, maman va se fâcher.

Dans la file d'attente des taxis, ils se parlèrent peu, mais gentiment. Quand ils arrivèrent au premier rang et qu'un taxi s'arrêta devant eux, Zoé désigna Mimi et dit, souriant à Etienne de toutes ses dents, de grandes dents qui exprimaient toute la voracité du monde :

— Attendez, je vais vous la reprendre, maintenant.

— On va vous déposer, dit Etienne.

Puis, vers François :

— On va les déposer, hein ?

— Ecoute, Etienne...

— Allez...

Etienne se tourna vers les deux filles et montrant François :

— Mon copain est un grand timide.

— Ce n'est pas bien, ça, dit Zoé.

François monta à côté du chauffeur. Etienne s'installa à l'arrière avec Zoé, Betty et Mimi. Il régnait dans la voiture un fort climat de sensualité auquel François, bien que de mauvaise humeur, n'était pas insensible.

— Vous habitez où ? demanda Etienne.

— Rue de la Cossonnerie, dit Betty.

— C'est près de la rue Saint-Denis, ça ? demanda le chauffeur, regardant dans le rétroviseur les genoux bien ronds et bien bronzés de la jeune femme.

Il y eut de grandes exclamations quand Géraldine énonça les règles du jeu. Samantha sautillait sur place, Pénélope hoquetait de rire. Vic se demanda si on n'allait pas un peu loin, mais l'air renfrogné de Philippe et son refus absolu de participer au jeu, ne serait-ce que comme spectateur, l'agacèrent tellement qu'elle renonça à formuler la moindre objection.

Le premier exploit devait être accompli par Jean-Pierre.

Il avait six minutes pour apparaître à une fenêtre de l'immeuble d'en face. N'importe laquelle. S'il y arrivait, Vic et Samantha seraient obligées de « faire le tapin » pendant trois minutes. On excluait naturellement la possibilité d'entamer quoi que ce soit d'un peu sérieux avec un éventuel client. Il s'agissait simplement pour les filles de rester trois minutes sur le trottoir. Elles seraient habillées de manière à ne laisser aucune équivoque sur la nature de ce qu'elles attendaient.

Samantha était emballée.

— Si seulement mon père pouvait passer dans la rue ! s'exclamait-elle. Il en mourrait !

Vic pensait au contraire : « Pourvu que ni mon père ni ma mère ne passent dans la rue ! »

Géraldine donna le « top » à Jean-Pierre. Il se rua dans l'escalier. On le vit traverser la rue en courant.

Jean-Pierre commença par sonner à une porte du premier étage. Une voix d'homme demanda :

— Qu'est-ce que c'est ?

— Je m'excuse. Ma mère a laissé couler son bain. Est-ce qu'il y a une fuite chez vous ?

— Qui êtes-vous ?

— Le voisin du dessus.

— Le voisin du dessus, c'est ma *mère*. Foutez le camp, petit voyou !

Jean-Pierre partit sur les chapeaux de roues. Il monta directement au troisième. Là, on entrebâilla la porte, mais en laissant le gendarme.

— Excusez-moi, commença Jean-Pierre. Mon chat est monté sur le toit et...

— Quel chat ? fit la dame.

Elle avait une cinquantaine d'années et portait une robe de chambre. Elle parlait fort, comme la plupart des gens qui entendent mal (ou qui ne comprennent rien).

— Le mien, fit Jean-Pierre. Il est sur votre balcon, il ameute tout le quartier... Vous ne l'entendez peut-être pas parce que...

— Qu'est-ce que c'est, Adrienne ? fit une voix d'homme.

— C'est très urgent, dit Jean-Pierre.

Un grand vieillard digne apparut derrière la sourde.

— Pourquoi c'est urgent ?

— Mais parce que... Il est amoureux, une persane... C'est un chat très sensible : il est capable de faire une bêtise.

L'homme hocha gravement la tête, ôta le gendarme. Jean-Pierre se précipita vers la fenêtre, l'ouvrit et comprit, à l'ovation que ses camarades lui faisaient, qu'il était dans les temps.

— Je le prends par Sébastopol ? demanda le chauffeur.

— C'est ça, dit Betty. Première à gauche et deuxième à droite.

Sous le regard intrigué de Mimi, Zoé massait lascivement la cuisse d'Etienne. Celui-ci avait passé une main derrière le dos de la femme.

— Vous venez boire un verre à la maison ? proposa Betty.

— Moi, je n'ai pas le temps, dit François.

— Oh, quel dommage !...

— On se passera de lui, tant pis ! fit Etienne, jovial.

Il frétillait comme une anguille.

— Vous en parlez à votre aise, dit Betty, un peu boudeuse.

Un boa autour du cou, les jambes tordues par les talons aiguilles, Samantha ondulait au bord du trottoir. Dissimulée derrière l'abri-bus, la bande admirait son cran. Patrick n'était pas fâché de voir que Samantha donnait l'impression d'avoir fait ça toute sa vie. Il avait dégotté une vraie femelle !

Raoul, chronomètre en main, annonça :

— Deux minutes trente !

Une voiture ralentit et s'arrêta à la hauteur de Samantha. Un homme, aux tempes grises et aux yeux très clairs, baissa la vitre :

— Dis-moi, ma petite fille, quel âge as-tu ?

— Treize ans !...

— Et tu es obligée de faire ça ?

— Ben oui, sinon...

L'homme paraissait accablé :

— Il y a longtemps que tu fais ce métier ?

— Oh, ça fait... deux minutes cinquante... six..., sept...

— Trois minutes ! hurla Raoul.

La bande émergea de l'abri-bus, riant, criant à l'homme en BMW ;

— Salaud ! Vieux cochon ! Satyre !

La BMW ne fut bientôt plus qu'une tache claire au bout de la rue. Samantha rendit le boa à Géraldine, qui l'apporta à Vic, restée sous la porte cochère avec Philippe. Elle portait des chaussures à hauts talons, des bas à résille, une mini-jupe en cuir noir, enfin tout l'attirail classique des prostituées modernes. Philippe la regardait avec horreur. Elle, tout à l'heure, dans la glace, s'était trouvée plutôt excitante.

— Je te préviens, dit Philippe, si tu y vas, je me tire !

— Ecoute... On s'amuse...

Elle était furieuse contre Philippe. Au lieu de l'aider dans ce moment difficile comme en contiennent parfois les amusements, il lui faisait une scène ridicule, une scène de petit-bourgeois à sa petite-bourgeoise.

— Vic ! dit Mathieu. Ben alors, qu'est-ce que tu fais ?

— J'arrive ! dit Vic.

— Tu l'auras voulu, dit Philippe.

— Ne fais pas ça...

— *Toi,* ne fais pas ça...

— C'est impossible, voyons... J'aurais l'air de quoi ?

— Et tu as l'air de quoi à ton avis, en ce moment ?...

— Oh, et puis... Salut ! Tu me casses les pieds !

— Adieu !

Philippe partit sans se retourner dans la direction contraire à celle de l'abri-bus.

Contrariée, mais surtout dépassée par les événements, étourdie par cette mascarade dont elle pressentait qu'elle allait tourner à la catastrophe, Vic rejoignit les autres, qui la propulsèrent vers le trottoir.

— Top chronomètre ! dit Raoul.

Vic fit quelques pas. Elle était tendue, horriblement gênée. Quelques passants se retournèrent. Les passantes faisaient semblant de ne rien voir. Puis, les choses graves commencèrent.

Une voiture ralentit, s'arrêta à la hauteur de Vic. Deux jeunes hommes en descendirent. Ils portaient des blousons de cuir. L'un avait une boucle d'oreille au lobe gauche, l'autre au lobe droit. Tous deux sentaient le tabac et la sueur.

La gorge de Vic se noua.

— T'es nouvelle ? demanda l'un des types.

— Non.

— T'as quel âge ?

— Dix-huit ans.

Le deuxième type sortit une plaque de la poche intérieure de son blouson :

— Police ! dit-il. Tes papiers.

— Ben...

Vic chercha dans son sac :

— Je n'ai pas ma carte orange.

Derrière l'abri-bus, tous les membres de la bande étaient atterrés. Personne ne se décidait à prendre une initiative.

Soudain, Mathieu cria :

— Merde ! Le père de Vic !

Il reconnut Vic au moment où ce qu'il imaginait être des voyous montrèrent à la jeune fille leur plaque. Il ordonna au chauffeur de s'arrêter immédiatement, bondit hors de la voiture, suivi d'Etienne. Un bagarre éclata entre eux et les deux jeunes « loubards », bagarre à laquelle se mêla bientôt un passant en mal d'exercice. Pénélope fit une démonstration concluante de ses talents pugilistiques. Elle fut même surprise de voir avec quelle facilité elle mit l'un des policiers au tapis.

Raoul, Mathieu et Vic se lancèrent dans la mêlée pour expliquer le malentendu.

— Papa ! dit Vic, C'était un jeu !

— Monsieur ! dit Mathieu. C'est des flics !

— Arrêtez ! dit Raoul, à l'un des policiers. C'est son père !

Explication trouble qui ne fit qu'ajouter à la confusion générale.

Etrange procession que celle qui sort du commissariat du deuxième arrondissement ! Etienne, un œil au beurre noir, et François, un pansement au poing droit et à l'arcade sourcilière tuméfiée, sont suivis de Vic, Samantha, Pénélope, Raoul, Mathieu, Françoise et Mme Fontanet, les deux seules personnes à avoir le visage et les vêtements intacts. Tous les autres gardent des traces du combat.

Etienne grogne :

— ... les flics se fringuent en loubards, les écolières en travelos et les putes en bourgeoises : comment veux-tu t'y reconnaître !

Pénélope, Samantha et les deux garçons suivent Mme Fontanet vers sa voiture. On s'adresse des adieux sans gaieté.

Puis, tandis que Vic s'apprête à monter dans la Rancho avec ses parents et Etienne, Françoise demande aux deux hommes :

— Mais qu'est-ce que vous faisiez dans ce quartier, tous les deux ?

— Il me déposait chez les putes, dit Etienne, avec simplicité.

Au centre du salon obscur, une table de fête était dressée : nappe juponnée, vaisselle en porcelaine, couverts en argent et verres en cristal. Tout le trousseau de Françoise était là. Quant à Françoise, elle était en robe de mariée, comme chaque année à la même date. Un autre rite, comme les œufs brouillés de quatre heures du matin.

François entra dans l'appartement. Il alluma la lumière. Il portait son vieil imperméable avachi. Quand il vit Françoise dans sa robe blanche démodée, il se frappa le front avec le plat de la main :

— J'ai encore oublié notre anniversaire de mariage !

— Ce n'est pas grave.

— Tu dis toujours ça, et tu m'en reparles six mois plus tard...

— Alors, écoute : canard en gelée, champagne, mousse au chocolat. Tu peux prendre un bain avant le...

Elle se tut, car François sortit de son imperméable un énorme bouquet de jonquilles. Décidément, il lui ferait toujours prendre les lanternes pour des vessies ! Sous son imperméable, il portait son costume de jeune marié, dans lequel il se sentait maintenant un peu à l'étroit.

— L'année dernière, je pouvais encore fermer le bouton... Mais après le canard, je crois que...

Françoise lui sauta au cou. Ensuite, ils débouchèrent le champagne.

— A nous ! dit Françoise, levant son verre.

— A Walt Disney... et ses apôtres...

Elle rit, découpa le canard, luisant sous la gelée.

— Soixante mille francs pour une maquette de six minutes, c'est bien, non ? demanda François.

— Ça, le Belge a été parfait ! Remarque, il nous faut un intervalliste, un monteur, un opérateur, plus deux dessinateurs...

— Tout ce monde-là ?

— Un dessin animé, c'est un travail d'équipe ! Passe ton assiette.

— Vous en avez pour combien de temps ?

— Si le grand film se fait, deux ans, minimum.. Et toi, au labo ?

Françoise attaqua son canard à belles dents. François but une gorgée de champagne comme on fume sa dernière cigarette, puis :

— Ça va... Enfin, à côté de ce que fait Portal à Lyon...

Une petite lumière rouge se mit à clignoter dans l'esprit de Françoise. L'alerte. Mais la jeune femme la remarqua à peine, toute préoccupée qu'elle était à manger du canard, à boire du champagne, à se sentir estimée, désirée et aimée. Elle dit seulement :

— Mais c'est quand même Paris le centre de...

— Crois pas ça ! Il y a des facultés en province qui... Et puis, la qualité de la vie par rapport à Paris, justement... Beaucoup de gens son attirés par... l'air pur, une maison avec jardin, une belle vue sur le Rhône.

— Enfin, ici on a la Seine, hein !

Elle se leva, emporta le reste du canard dans la cuisine. Dès qu'il n'eut plus sa femme en face de lui, François reprit courage. Il annonça d'une voix forte, en regardant fixement la chaise vide de son épouse :

— Portal me propose de travailler avec lui.

Françoise reparut à la porte de la cuisine, un compotier de mousse au chocolat dans les mains.

— Pas à Lyon ?

— Si.

Elle s'assit.
— Mais il n'en est pas question ! dit-elle, inquiète.
— Si, il en est question.
— Tu as accepté ?
— Non ! Pas sans t'en parler !... Mais il en est question.
Un temps. Le combat était engagé. La mousse au chocolat, dont Françoise avait pensé en la faisant qu'elle serait le clou du repas, restait toute penaude sur son coin de table.
— Combien de temps ? demanda Françoise.
— Juste un an... ou deux.
— Et mon dessin animé ?
— Le TGV. Deux heures quarante de Paris, ce n'est rien ! Tu peux très bien...
— Et toi ?
— Quoi, moi ?
— Tu ne peux pas prendre le TGV, *toi* ?
— Moi, ce n'est pas pareil... C'est un travail d'équipe, enfin, heu... De toute façon, écoute : on a quinze jours pour donner une réponse.
— Si j'allais à Bruxelles travailler avec Van der Bauer, tu viendrais avec moi ?
Il *savait* qu'elle dirait *ça*. Il le savait depuis le début. Et il avait beau, tout en discourant, essayer de trouver une parade, son esprit était resté aussi vide que le porte-monnaie de Vic à chaque fin de semaine !
Vic et Poupette, ce soir-là, dînaient à la Coupole. Un poulet aux girolles pour Vic, un tartare pour Poupette. Comme d'habitude.
Poupette s'inquiétait vivement de la vie amoureuse de Vic. Elle posait des questions indiscrètes, auxquelles son arrière-petite-fille répondait avec une franchise parfois brutale.
Puis, Vic, renoncant à sucer les os du poulet, comme elle le faisait à la maison, repoussa son assiette et demanda :
— Pourquoi il n'appelle pas ?
— Philippe ? Appelle-le, toi !
— Ah non !
— Il est vexé, orgueilleux... comme toi. Et le pianiste, comment il s'appelle ?

— Félix.

— Il a quel âge ?

— Vingt-cinq... Mathieu a son numéro... Mais ce n'est-pas moi qui vais l'appeler.

— Certainement pas !

— D'ailleurs, ce n'est pas normal. Pourquoi une fille ne téléphonerait pas la première à un garçon ?

— Parce que plus on en fait, moins ils en font !

Un homme s'arrêta devant leur table.

— J'allais t'appeler, dit-il à Poupette. Tu es libre jeudi en quinze pour un Grand Echiquier ?

— Jeudi en quinze... Jeudi en quinze... Ah ! non.

— Tu as quelque chose d'important à faire ?

— Oui.

— Plus important qu'un Grand Echiquier ?

— Oui.

— Je peux savoir quoi ?

— Ce n'est pas un secret, dit Poupette, toute souriante. Je me marie.

Pour Pénélope, la « coccinelle » décapotable était la voiture la plus bête et la plus laide qui eût jamais été conçue, mais Vic n'était pas de cet avis. Aussi fut-ce sans répugnance qu'elle s'approcha de Félix qui avait garé sa voiture en face du lycée Henri-IV et avait fait à Vic un petit signe de la main dès qu'il l'avait vue sortir de l'établissement.

Pénélope, qui les observait de loin, songea qu'avec son engin ridicule et cette cigarette qui lui pendait aux lèvres, Félix ressemblait à un acteur jouant dans une publicité pour lotion capillaire.

— Boujour, dit Félix, quand Vic fut près de lui.

« Sourire Marlboro », jugea Pénélope.

En fait, elle était de très mauvaise humeur aujourd'hui. Elle ne savait pas exactement pourquoi. Enfin si, elle savait. Elle était sans « mec » depuis cinq jours. Elle se posait des questions. Son « âge d'or » ne touchait-il pas à sa fin ?

— Salut ! dit Vic.

— J'ai pensé que samedi on pourrait peut-être dîner ensemble..., dit Félix.

— Peut-être, oui...

— T'as le droit de sortir ?

— Quand même !...

— Je te raccompagne ?

Au même moment, Philippe passa devant la voiture,

tenant Lydia par la taille. « Il rend un sacré service à Félix ! » pensa Vic. Elle monta dans la Volkswagen.

— Tu es en colère ? demanda Félix.

— Non. Pourquoi ?

— Je ne sais pas. Tu as claqué la porte tellement fort.

— J'espère que je n'ai rien cassé, dit Vic, sèchement.

— Non, non, rien...

Il mit le contact. « Et moi ? » pensa Pénélope. Quand elle vit la Volkswagen déboîter, et qu'elle fut bien obligée de reconnaître que son amie n'avait même pas eu l'idée de lui faire un gentil petit « au revoir » de la main, elle prit la direction de sa maison, bien décidée à mettre fin à ses jours avant l'heure du dîner.

Enfin, tout ça dépendait de ce que sa mère avait prévu comme dessert.

Dans le cabinet dentaire, François, en bras de chemise, était penché sur Vic, dont un coton et un tuyau à salive encombraient la bouche béante.

— ... évidemment, dit-il, quitter Paris, tes amis, tes copines... Remarque, j'ai toujours cru à la maxime : « Si les parents sont heureux, les enfants sont heureux. »

Vic retira le tuyau à salive et regarda son père dans les yeux :

— Et vous êtes heureux ?

— Je ne peux pas être heureux sans elle, en tout cas... Tu te souviens, il y a deux ans ? Je crois qu'on peut dire que notre séparation a été un échec.

Ils entendirent la porte de l'appartement claquer. François retira le coton de la bouche de Vic et prépara un amalgame.

— Et comment vous l'avez su ? demanda la jeune fille. Enfin... qu'il fallait vous remettre ensemble ?

— Le savoir, c'est facile... la difficulté, c'est de se le dire.

— Ça, oui !

Ça sonnait comme un cri du cœur. François regarda sa fille avec étonnement.

— Et Philippe..., dit-il par association de pensées. Tu le vois samedi ?

— Samedi... ?

Françoise surgit, apportant le courrier. Elle donna une lettre à Vic et dit :

— Ah non... Samedi, on passe la journée à Evreux, chez Bernard et Gilberte.

— Moi, Bernard et Gilberte..., fit Vic.

— Ecoute, chaque fois que ton grand-père nous invite...

— Poupette aussi ça l'enquiquine, et c'est son fils !

Elle ouvrit l'enveloppe.

— Ah ! c'est Stéphane. Il m'envoie un billet pour *Boris Godounov,* à l'Opéra.

— *Boris,* tu verras, c'est sublime ! dit Françoise.

— Oui, mais c'est samedi.

Le téléphone sonna. François alla répondre. Vic le rejoignit près de l'appareil.

— Qui c'est ça, Félix Maréchal ? demanda le dentiste.

— Je t'expliquerai, dit Vic, prenant le combiné.

François retrouva Françoise dans la cuisine. Il embrassa Lucas sur le bout du nez.

— Qui c'était ? demanda Françoise.

— C'était pour Vic. Un certain Félix. Tu connais ?

— Non.

— C'est un homme. Je veux dire, il a une voix d'homme... et Philippe, j'ai l'impression que ses actions sont en baisse.

— Et alors ?

— Rien... Je m'étais habitué. Il était sympa, ce gamin...

La séance d'essayage commença vers quinze heures, interrompue par quelques coups de téléphone. Vic passa notamment plus de trois quarts d'heure à expliquer à Pénélope que l'amour n'était pas tout dans la vie, qu'il y avait aussi le cinéma et les pâtisseries, et tout un tas d'autres choses qu'elles n'avaient pas encore expérimentées, comme les voyages, l'argent, le pouvoir, le sport, etc. Pénélope parut à demi convaincue. Elle n'en alla pas moins préparer une tarte aux fraises tout de suite après avoir raccroché !

Vic revint dans sa chambre. Il y régnait un désordre indescriptible.

A dix-neuf heures trente, on sonna à la porte. Vic tressaillit. Elle n'était pas encore prête ! Néanmoins, elle alla ouvrir. Ce n'était que Poupette.

— Qu'est-ce que tu fais là ?

— Je suis venue le voir, dit Poupette.

— Qui ?

— Félix. Parce que moi, *Boris Godounov,* on ne me la fait pas !

— Tu ne vas pas cafter, hein ?

Poupette haussa les épaules :

— Et ils t'ont crue ?

— Ben, l'Opéra, Stéphane...

— Evidemment : l'anesthésie générale.

Elles entrèrent dans la chambre.

— Quel bordel ! dit Poupette.

Vic lui tendit le téléphone :

— Tu peux faire le 526 17 13. C'est occupé depuis deux heures.

— C'est chez qui ?

— Stéphane.

Poupette composa le numéro, puis raccrocha.

— Occupé, dit-elle. Et Philippe, dans tout ça ?

— Il sort avec Lydia.

— Ça, c'est une mauvaise nouvelle.. Mais ça durera deux jours. Ce n'est pas une gardeuse, Lydia...

— Je fais quel âge ? demanda Vic, se montrant comme elle était, avec une robe Tee-shirt décolletée en V, une grosse ceinture multicolore et des chaussures à petits talons.

— Le tien.

— Pas plus ?

— Mettons... six mois de plus.

— De quoi on va parler ? Je n'ai jamais dîné seule avec un mec, moi...

— S'il est intelligent, tu n'es jamais d'accord : il te convaincra. Si c'est un imbécile, tu es toujours d'accord : la soirée passera plus vite.

On sonna.

— C'est lui ! di Vic.

— Pas de panique. C'est moi qui vais ouvrir.

Poupette sortit de la chambre et se dirigea vers la porte d'entrée. Elle était bien curieuse de voir l'animal. Elle le trouva agréable à regarder, agréable à entendre et, somme toute, insignifiant.

Elles avaient commencé par ne pas la voir. Puis, elles lui donnèrent l'impression de la voir, mais sans daigner la regarder. Elles étaient trois. Elles avaient entre vingt-trois et vingt-six ans. Elles parlaient avec profondeur de livres qu'elles avaient lus en surface. Elles étaient belles, grandes, froides, avec des sourires qui craquaient comme des chaussures trop neuves. Leurs amis ne valaient guère mieux.

En plus, Vic n'aimait pas les huîtres et avait horreur du vin blanc. Il y avait une autre chose qui lui déplaisait : être au milieu de gens dont elle pensait qu'ils lui étaient supérieurs.

Or, ce soir, il y avait des huîtres dans son assiette, du vin blanc dans son verre et, autour de la table, ces garçons et ces filles plus âgés, plus élégants et plus cultivés qu'elle.

Elle mangea peu et ne but presque pas. Elle était furieuse contre Félix. Il ne l'avait pas avertie qu'il s'agissait en fait d'un dîner de copains. Il ne lui avait même pas demandé si elle aimait les huîtres ou la choucroute !

C'était la fin du repas. Vic n'avait pas prononcé dix mots. Félix ne semblait pas s'être aperçu de la gêne qu'avait éprouvé la jeune fille au cours des deux dernières heures. Il raconta une histoire qui se passait dans un restaurant anglais. Vic rata le début. Puis, elle prêta l'oreille :

— ... Alors, la serveuse anglaise dit au Français : « Comment vous aimez votre steak ? » *How do you like your steak, sir ?* Le Français répond : « *Bloody* ». Alors l'Anglaise lui dit : « *A bloody steak, sir, and what about some fucking potatoes ?* »

Hurlements de rire.

— Excusez-moi, dit Vic.

Elle se leva, descendit aux toilettes, se passa de l'eau sur le visage. Elle rit en pensant à l'idée qu'elle s'était faite de ce dîner. Les chandelles, le caviar, le violoniste. Ainsi, un type de vingt-quatre ans, c'était ça ? C'était quelqu'un qui vous emmenait manger toutes crues ces pauvres petites bêtes sans défense que sont les huîtres ? Et qui vous faisait boire un vin dont vous ne pouvez pas avaler une gorgée sans avoir une migraine atroce ? Ça ne valait pas le voyage, vraiment !

Vic donna un franc à la dame pipi, remonta l'escalier et, avant de regagner la table, sortit dans la rue pour prendre un peu l'air.

Elle jeta un regard vers le restaurant, hésita, puis partit vers la rue Saint-Jacques.

Philippe s'était fait aborder deux ou trois fois par les filles, mais jamais par une dame de quatre-vingt-quatre ans. C'était d'autant plus gênant pour lui que la scène se passait à la sortie du lycée Montaigne. Poupette, elle, ne semblait nullement gênée.

— Je suis Poupette, dit-elle. La grand-mère de Vic... Vous montez quelques minutes ?

C'était carrément du raccolage ! Poupette, en effet, se trouvait assise au volant de sa R 5.

Philippe obéit, non sans quelques secondes d'hésitation.

Poupette s'amusait beaucoup. Déjà, l'autre soir, cette soirée avec le jeune Stéphane à l'Opéra... C'était bien agréable, au fond, d'avoir une arrière-petite-fille aussi courtisée...

Elle mit le contact, passa la première.

— En fait, je suis l'arrière-grand-mère, dit-elle. Mais avec « arrière », ça fait trop long... Voilà. Je voulais vous parler de Vic.

— Elle va bien ? demanda Philippe, avec une certaine froideur.

— Non.

— Elle va mal ?

— Non plus. En fait, elle ne va pas... Enfin, elle ne va nulle part, si vous voyez ce que je veux dire...

— C'est que... non...

— Appelez-la, ou écrivez-lui. Elle a besoin de vous. Félix ne compte pas, c'est un gandin.

— Un gandin ?

— Non, pas un petit gant. Mettons : quelqu'un sans importance.

— Avec Vic, on ne sait jamais...

— Avec Vic, moi, je sais toujours.

En robe de chambre, les pieds dans des babouches, François buvait son café en feuilletant les journaux du samedi matin empilés à côté de lui. Françoise versa le café, s'assit, entama un croissant.

— Où est Lucas ? demanda François.

— Je viens de le déposer chez Mme Monnet.

— Et Vic ?

— Chez le coiffeur avec Poupette.

— L'endroit est désert, si je comprends bien.

— Ça t'inquiète ?...

— Non, non...

Françoise tournait son café tout en regardant François tourner les pages. Tout d'un coup, elle explosa :

— Pourquoi tu dis que ce n'est pas pareil ?

— Mais je...

— Ce n'est pas pareil parce que tu es un homme, et en plus tu te persuades que tu travailles pour le bien de l'humanité, alors que moi je suis une femme, et je dessine des conneries ! Mais moi, je la fais rigoler, l'humanité, tu comprends ? Et ça aussi c'est important, plus important pour moi en tout cas que d'être la groupie d'un Prix Nobel !

— Mais j'ai beaucoup de respect pour... Je n'ai jamais dit que...

— Mais tu le penses ! Le monde entier le pense : tous les hommes trouvent normal que leur bonne femme abandonne tout pour les suivre, et pas *un* ne le ferait pour elle !

— Bon... ben, n'y allons pas !

— Et en plus, c'est moi qui dois décider. J'ai le choix

entre devenir victime ou bourreau. Ce n'est pas juste, François. Vraiment, ce n'est pas juste !

Elle se leva.

— Il faut que j'aille m'habiller. Je marie ma grand-mère.

Elle partit vers la chambre. François reprit du café, termina son article, puis se leva et s'installa sous la douche. C'était le meilleur endroit pour être tranquille.

Quand, après d'interminables sautillements, et après avoir siffloté quinze minutes environ un air de *la Traviata,* François sortit de la douche, il entendit claquer la porte d'entrée. Françoise était sortie. Il se rasa, se lava les dents, se coupa les ongles des pieds et des mains, se nettoya les oreilles à fond, puis, il s'habilla et appela Poupette. Elle l'attendit. Il arriva chez elle en taxi, puis ils partirent pour Evreux dans la R 5 de la vieille dame.

— Arrête de faire cette tête-là, dit-elle après le péage. Tu ne maries pas ta fille.

— Je vais partir, Poupette.

— Evidemment que tu vas partir... Tu sais, le marin qui renonce à la mer pour sa femme et qui cultive son potager en faisant la gueule... On peut tout se pardonner dans un couple, sauf ce qu'on a pas fait.

— Et *Vic ?* Et *Lucas ?*

— Lucas est trop petit et Vic trop grande. Bientôt c'est elle qui...

— Je ne veux pas perdre Françoise, Poupette.

— Tu ne la perdras pas.

— Tiens, avec ça...

— Crois-moi, vivre séparément quelque temps, quand on s'aime... Vous vous retrouverez à mi-chemin. Vous roulerez l'un vers l'autre, le cœur battant. Vous coucherez à... Dijon, dans des hôtels sordides. Vous passerez des nuits blanches dans des wagons-lits. Le matin, vous vous quitterez au buffet de la gare. Vous aurez les yeux cernés. Tu reprendras ton train et elle le sien...

— Tu as de beaux souvenirs, toi, hein ?

— Oui.

A mesure qu'on approchait d'Evreux, Poupette conduisait moins vite. Visiblement, elle n'était pas pressée de se marier. D'ailleurs, la gaieté de sa tenue — un tailleur pastel et un petit canotier —, contrastait avec la morgue qu'exprimait son visage.

A la sortie de l'autoroute, elle se tourna vers François et demanda carrément :

— Tu ne crois pas que je suis en train de faire une connerie ?

Vic est sous la douche. Au fond, son père n'a pas tort, ça détend vachement ! D'habitude, elle préfère le bain, mais ce soir, elle ne sait pas pourquoi, elle avait envie que de l'eau chaude lui tombe sur les épaules, glisse sur ses reins, lui mêle les cheveux...

Vic est triste, mais elle ne peut s'empêcher de rire quand elle pense au « mariage » de Poupette. En fait, il n'y a pas eu de mariage. Poupette a arrêté la R 5 au coin de la rue et, tandis que François descendait et se dirigeait vers sa femme et sa fille tout endimanchées, a fait signe à Jean-Louis de monter, et ils sont partis, plantant là la noce, et Bernard, le fils de Poupette, qui avait sa belle écharpe tricolore de maire autour de la taille...

— Elle vous a dit quelque chose ? demanda-t-il à François.

— Oui. Ils partent... en voyage de noces. Mais... passagers clandestins.

Françoise entre dans la salle de bains :

— Il me restait *un* collant bleu marine. Est-ce que c'est encore toi qui... ?

Vic arrête le robinet. Sa tête émerge de la cabine :

— Je m'excuse. Ils sont dans mon tiroir.

— Préviens-moi quand tu me piques des trucs, bon sang ! Je dois être dans dix minutes au studio. Je perds un temps fou à chercher !

Elle sort de la salle de bains au moment où Vic sort de la douche. Lentement, la jeune fille s'enveloppe dans une serviette bleue. Elle se regarde pleurer dans la glace de l'armoire à pharmacie. Elle détourne vite la tête quand Françoise reparaît et demande :

— Qu'est-ce qui se passe, Vic ?

— Rien.

— Si, il se passe quelque chose !

Vic se cache la tête sous la serviette et se frotte les cheveux, tandis que Françoise poursuit :

— Les rougeoles, les fractures, les cauchemars : bon. L'ennui, quand les enfants grandissent, c'est quand ils ont mal là.

Elle désigne son cœur.

— Ecoute, maman..., fait Vic, agacée par la mièvrerie avec laquelle sa mère présente le drame épouvantable qu'elle est en train de vivre avec ce salaud de Philippe !

— Alors ?

— Je croyais que tu avais un rendez-vous...

— A qui tu en veux ? A papa parce qu'il veut partir ? A moi parce que j'hésite à..., parce que je suis une mère occupée et une épouse insoumise ?

— Qu'est-ce que vous avez décidé ? On met tout dans un chariot et on part malgré les Indiens ?

— On n'a pas décidé. Mais toi, tu... ?

— Oh moi, ici ou ailleurs...

— Ah bon ?... Mais il y a quelque temps, tu aurais été désespérée de quitter... enfin, de *le* quitter.

— Plus maintenant, tu vois.

— Il s'est passé quelque chose ?

— Non, il ne s'est *rien* passé. Va à ton rendez-vous...

— Vic...

Françoise fait alors exactement ce qu'il faut faire. Elle prend Vic dans ses bras et la berce comme pour l'endormir. Toutes les larmes que Vic a retenues pendant leur conversation coulent enfin, inondant le chemisier de Françoise. Tant pis, elle se changera, et au studio, ils l'attendront !

Plus tard, quand, à de nombreuses reprises, elle devait repasser dans son esprit le film de ses journées, Vic ne pouvait s'empêcher de constater qu'elle avait été punie par où elle avait péché, à savoir que Stéphane, dont elle avait toujours pensé qu'il était une quantité négligeable, avait involontairement pesé de tout son poids pour l'entraîner dans le malheur.

Voici comment les choses se passèrent. Vic sortit de la salle de bains. Au même moment, la sonnette de la porte d'entrée retentit. Ce fut Françoise qui alla ouvrir, Vic n'étant guère présentable.

Stéphane se tenait sur le palier, un disque sous le bras. Françoise lui sourit avec beaucoup de charité :

— Bonjour, Stéphane...

— Boujour, madame. Vic est là ?

— Non. C'est pour elle ?

Elle désignait le disque.

— Je lui avais promis, dit Stéphane. C'est *Boris Godounov*... Puisque l'autre jour...

— Oui, elle a trouvé ça formidable.

— Ah bon ?

Le garçon n'avait pas oublié, et n'oublierait sans doute jamais que ce n'était pas avec Vic qu'il avait assisté à la représentation de *Boris Godounov,* mais avec cette vieille dame qui portait le nom saugrenu de *Poupette.* Pourquoi Vic avait-elle menti à sa mère ? Oh, elle avait menti à sa mère comme elle lui mentait, parce qu'elle ne réservait à autrui qu'une toute petite part de sa sincérité.

— Merci, dit Françoise, prenant le disque.

Puis, montrant la lettre :

— Ça aussi, c'est pour elle ?

— Oui...

Stéphane omit de dire que, dans l'enveloppe, il n'y avait pas une lettre de lui. Cette enveloppe, il l'avait trouvée sur le paillasson, en arrivant. Cette omission fit croire à Françoise, ainsi qu'à Vic, que la lettre émanait du jeune mélomane, de sorte qu'elle se retrouva négligemment abandonnée, avec *Boris Godounov,* sur un coin de table. Or (ce détail alimenterait pendant de longues années les conversations de Vic ayant trait aux hasards de l'existence) cette enveloppe avait été déposée sur le pas de la porte par Philippe.

— Pauvre Stéphane ! dit Françoise, quand elle vit le geste négligent de Vic. Il en bave, tu sais.

— Je sais, mais... nous aussi.

Peu après, François accompagna Vic au lycée. Il avait le bulletin trimestriel de celle-ci sur les genoux. Ces derniers temps, François ne s'était pas beaucoup occupé de Vic, ni sur le plan affectif ni sur le plan intellectuel. Si dentiste était un métier qui laissait la tête libre et le portefeuille plein, chercher au contraire était une occupation qui vidait le portefeuille et remplissait tellement la tête qu'il n'y restait plus de place pour rien ni personne. François était presque surpris de constater que, pendant toutes ces semaines, Vic avait appris des leçons, rédigé des devoirs, avait été interrogée et avait répondu.

— C, C+, C–, t'es la reine du minimum garanti, toi, hein..., dit-il.

— Je passe en première, non ? Et je te signale que des A et des B, il n'y en a eu que...

— Ça, les autres... Je connais la chanson. Bon, ben, je te félicite...

— Moi aussi.

François la regarda, surpris. Pourquoi le félicitait-elle ? Il n'avait pas adopté la coupe « banane », ne circulait pas en patins à roulettes, continuait de condamner le port du walkman...

— Ce que tu fais, c'est rudement bien, expliqua Vic.

Et comme François semblait s'obstiner dans son incompréhension, elle précisa :

— La recherche.

— Ah oui,... ça te paraît... une bonne chose en... général ?

— Bousculer un peu tout, comme ça, à ton âge... Enfin, ça doit être vraiment chouette d'être branché sur son travail et de...

— Ta mère aussi, tu sais, son travail, elle a beaucoup de chance... Et puis, je ne pars pas en terre Adélie.

— Où ça ?

— Au pôle Sud. Un week-end sur deux, je serai là... Si tu n'as pas trop de boums inscrites à ton programme, on pourra même se voir un peu.

— Oh, les boums... J'ai eu ma dose... Tu pars à quelle heure ?

— Tout de suite, je pars chercher maman et...

Il se tut, car Vic avait détourné la tête et regardait l'entrée du lycée avec un air de grande perplexité. Elle sortit de la Rancho, suivie de François. Ils arrivèrent devant Pénélope et Samantha. L'aînée des Fontanet regardait sa sœur cadette avec un mélange de tristesse et d'exaspération.

— Ben, et ton concours ? demanda Vic à Samantha.

Celle-ci, sans répondre, ployant sous son cartable, continua de se diriger vers le lycée.

— Et son concours, ce n'est pas aujourd'hui ? demanda Vic, se tournant vers Pénélope.

— C'est maintenant ! Papa avait promi de l'emmener... Cinq ans qu'elle s'entraîne pour entrer à l'Opéra, parce qu'il lui a dit un jour qu'il était amoureux du *Lac des cygnes*...

— Il n'est pas venu ?

— Un hôtel de deux mille chambres a cramé cette nuit à Bogota.

— Et alors ? demanda François.

— Le père de Pénélope est reporter, dit Vic.

François, après avoir réfléchi deux secondes, ce qui était pour lui une sorte de performance, se précipita à la poursuite de Samantha, qu'il n'eut d'ailleurs aucune peine à rattraper. Il lui fit face.

— D'accord, dit-il, ça fera chier ton père. Mais c'est *ta* vie que tu fous en l'air, Samantha... Allez, viens !

Il l'entraîna vers la Rancho. Pénélope et Vic suivirent. Tous quatre montèrent dans la voiture. François conduisait toujours vite, mais ce jour-là, il battit tous les records. Samantha se retrouva devant l'entrée du théâtre du conservatoire sans vraiment se rendre compte de ce qui lui était arrivé. Vic et Pénélope sortirent avec elle de la voiture. Avant de poursuivre ses deux amies, Vic se retourna vers son père.

— Merci, dit-elle.

Il lui tendit ses livres.

— N'oublie pas ça.

— C'est vrai, je ne te vois pas ce soir ?

— Je t'aime, dit François.

— Mais... moi aussi, papa... Moi aussi...

Troublée, Vic se dirigea vers le théâtre.

Dans le foyer, une vingtaine de concurrents, garçons et filles, attendaient leur tour. Tous semblaient très nerveux. Certains étaient accompagnés de leurs parents. D'autres échauffaient leurs muscles. C'étaient parfois les mêmes.

Samantha, Pénélope et Vic filèrent dans les loges. Samantha fut déshabillée, coiffée, maquillée par les deux autres. Elle se laissait faire avec indifférence. Vic se demanda si Samantha n'avait pas conçu puis développé son désespoir, à seule fin d'avoir moins le trac quand elle entrerait en scène.

— Mademoiselle Fontanet ! appela l'appariteur.

Hiératique, blanche comme du lait caillé, Samantha se retrouva devant le jury, auquel elle fit une révérence qui, tout en étant fort gracieuse, restait très digne. Puis, sur une valse de Chopin, elle s'élança... A la fin du morceau, elle se rendit compte qu'en dansant elle avait pleuré toutes les larmes de son corps, de peur ou de tristesse, ou encore, peut-être, de joie...

Pendant ce temps, dans le foyer, Vic et Pénélope, se disant que maintenant elles ne pouvaient de toute façon plus rien pour Samantha, se prirent à parler d'autre chose.

— J'ai des nouvelles de Philippe, commença Pénélope.

— Ah oui...

— Oui, j't'ai pas dit ? Je sors avec Frédo...

— Sans blague ! T'as couché avec lui ?

— Non ! Cette fois-ci, c'est sérieux...

— Alors, qu'est-ce qu'il t'a dit, Frédo ?

— Philippe a eu son bac... Il part ce soir chez sa mère à Stuttgart.

Quelque chose était tombé du classeur de Vic. Une lettre. Pénélope se pencha pour la ramasser :

— Qu'est-ce que c'est que ça ?

— Une lettre de Stéphane… je ne l'ai même pas ouverte.

Pénélope palpa l'enveloppe :

— C'est une pochette surprise : il y a un truc dedans.

— Fais voir…

Vic ne se souvenait pas d'avoir mis cette lettre dans son classeur. Le classeur était sur la table, la lettre aussi. Elle avait dû mélanger tout ça en partant. Elle partait toujours en quatrième vitesse…

— Une clé ! s'écria Pénélope. Stéphane t'envoie des *clés,* maintenant ?

— Ce n'est pas Stéphane, dit Vic, d'une voix étranglée.

Gare de Lyon. La Rancho s'arrête à l'entrée des quais du TGV. Françoise est au volant. Elle coupe le contact, descend. François attrape son sac de voyage et la rejoint. Elle reste immobile devant la voiture, dans son vieux Burberrys, belle comme une épouse d'officier des Renseignements.

— Tu ne viens pas avec moi ? demande François. Jusqu'au train, je veux dire...

— Le côté *Brève Rencontre,* je ne préfère pas.

— Alors, en août, Cassis...

— Oui.

— Et puis, peut-être qu'en septembre...

— Non. Tu sais bien.

— Et si le Belge fait faillite ?

— Il vend de la bière.

— Evidemment...

François pose une main sur l'épaule de Françoise, puis son autre main sur l'autre épaule, et dit très tendrement :

— Sous ton imperméable, tu portes ta jupe plissée bleu marine, ton chemisier rose pâle, celui que je t'ai offert à Noël, des sandales neuves... et là, sous tes cheveux, de petits anneaux que personne ne voit sauf moi quand je...

Cette petite oreille qu'il embrasse depuis bientôt seize ans, il la serre entre ses lèvres, comme s'il voulait en emporter un bout au bord du Rhône ! Françoise se presse contre lui, l'étouffe presque de baisers, il se demande encore une fois s'il va partir, et le voici déjà dans le train, et il regarde au bout du quai la longue silhouette blonde de son épouse, il a l'impression de partir à la guerre, c'est tellement beau que c'est tout juste s'il ne regrette pas de ne pas avoir peur de mourir...

Gare de l'Est. Des soldats, des Alsaciens, des banlieusards. Vic se précipite vers le panneau des départs. Elle lit : « Stuttgart, 17 h 07, quai n° 11. »

Elle court vers le quai n° 11, puis le long du train. Il lui reste exactement une minute pour trouver Philippe. Puis, elle décide qu'en cas d'échec, elle grimpera dans le train !

Mais elle n'aura pas besoin de ça. Accoudé à une vitre du couloir, Philippe l'a reconnue. Il crie ;

— Vic !

Le train démarre. Qu'à cela ne tienne. Philippe est un sportif ! Il saisit son sac, court vers la sortie, jette le sac, saute en marche.

Et, tandis que les wagons défilent bêtement derrière eux, Vic et Philippe s'embrassent.

Achevé d'imprimer
le 20-3-1984
par Mohndruck Gütersloh
pour France Loisirs
N° d'éditeur 8965
Dépôt légal: Mars 1984
Imprimé en R.F.A.